www.tredition.de

AF196540

Hilke Brewe

Alles einfach rumgedreht

Familiendrama

© 2020 Hilke Brewe

Verlag und Druck:
tredition GmbH, Halenreie 40-44, 22359 Hamburg

ISBN
Paperback: 978-3-347-19132-7
Hardcover: 978-3-347-19133-4
e-Book: 978-3-347-19134-1

Dieses Buch ist meiner bereits verstorbenen Schwiegermutter gewidmet, mit der ich ein freundschaftliches Verhältnis hatte und die meinem Sohn eine liebevolle Omi und Patin war, sowie allen Frauen, denen das Stigma der bösen Schwiegermutter anhängt.

Mein herzlicher Dank geht an meinen Mann, der mich ermutigte, dieses Buch zu schreiben. Beim Korrekturlesen stellte er fest, dass alle Geschehnisse, die wir erlebten, wahrheitsgetreu wiedergegeben sind.

Im Zusammenhang mit den Verschwörungstheorien hinsichtlich Covid-19 erklärte eine Ärztin in einer TV-Talkshow, dass niemand davor gefeit ist, auch Gebildete und Menschen mit beruflicher Verantwortung nicht, einer Verschwörungstheorie auf den Leim zu gehen. Es handelt sich um Menschen, die wenig stressresistent sind und die plötzlich eine Situation nicht mehr aushalten können, sie erleiden Kontrollverlust.

Eine nicht greifbare Bedrohung schwebt über einem, womit das Gehirn nicht umgehen kann. Eine große Stressreaktion wird ausgelöst und beim Versuch zu klären, wie man hierhin gekommen ist und hier wieder heraus kommt, besteht die Neigung zu sehr einfachen Antworten.

Das Gehirn sucht sich Muster und verstrickt sich in einfachen Erklärungen. Demzufolge nimmt man auch nur noch die Informationen auf, die dazu passen. Man sucht sich Gleichgesinnte, die das bestärken. Man findet ein Feindbild, auf das man mit dem Finger zeigen kann. Damit gibt man dem Gehirn das Gefühl zurück, man hätte wieder die Kontrolle. Plötzlich ist da etwas, was man tun kann. Man kann auf jemanden zeigen, man ist ein Opfer, man kann einen Kampf führen.

Prolog

Wir fühlten uns mit unserem Problem ziemlich alleine auf der Welt. Bisher hatten wir noch nie etwas mitbekommen von einem derartigen Missgeschick. Hatten wir im Laufe unseres doch schon recht langen Lebens etwas falsch gemacht? Aber was nur? Waren wir zu liberal, zu nachsichtig? Waren wir selbst schuld an unserer unerträglichen Situation? Mussten wir um Entschuldigung bitten, weil wir uns beleidigend und entwürdigend verhalten hatten? Nach reiflicher Überlegung konnten wir kein negatives Verhalten unsererseits feststellen.

Wir sprachen über diese Angelegenheit nur mit einigen nahestehenden Verwandten, die ebenso ratlos und entsetzt waren wie wir und uns sehr bedauerten. Alle hofften und wünschten, dass sich bald alles wieder einrenken würde.

Aber die Situation spitzte sich immer nur weiter zu. Sie beschäftigte unser Denken von frühmorgens bis spät in die Nacht und ließ uns oft genug gar nicht schlafen.

Im Bekanntenkreis mochten wir nicht darüber reden, es sollte sich nicht herumsprechen. Wenn wir mit den Freunden zusammen waren beim Wandern oder bei anderen geselligen Treffen, wollten wir lieber abgelenkt sein und unseren Spaß haben und nicht immer wieder mit dem leidlichen Thema konfrontiert werden. Aber jeder muss sich irgendwann doch einmal mit anderen aussprechen, ihre Meinung hören oder um sich für den Augenblick einfach zu befreien. Allerdings vertraut man nicht unbedingt jedem, aus Sorge, diese Personen könnten ohne unser Einverständnis über unser Problem mit anderen reden. Irgendwann war uns das aber egal. Bei den Gesprächen, zu denen wir dann zum Schluss doch bereit waren, erfuhren wir allerdings, dass der eine oder andere schon einmal von ähnlichen Fällen gehört hatte. Das machte uns aber auch wieder fassungslos, denn wohin soll die Welt mit dieser unseligen neuen Entwicklung letzten Endes gehen? Unserer Meinung nach waren diese Probleme früher eher undenkbar, weil die Familien und damit die Gesellschaft insgesamt bei der gegenseitigen Kontrolle und auch Fürsorge nicht so leicht auseinander fielen.

In der Folge sprachen wir über unser Problem nur, wenn wir explizit gefragt wurden, ob sich etwas Neues ergeben hat oder sich die Angelegenheit inzwischen zum Guten gewendet hätte. Wir antworteten dann, dass wir hoffen, bald aus diesem Albtraum, der das Potential eines Krimis hatte, aufzuwachen.

Was wir erleben mussten, kann auch als unerträgliches Mobbing bezeichnet werden, was heutzutage wie ein Krake überall um sich greift, oft genug bei den jüngeren Menschen. Dabei fühlten wir uns wie bereits zu Lebzeiten Vergessene, so wie die Verstorbenen allmählich von den Verwandten vergessen und ihre Gräber kaum noch besucht werden. Unsere Geburtstage wurden ignoriert und herzliche Wünsche zu Weihnachten, zum Jahreswechsel oder liebe Grüße aus dem Urlaub blieben ganz aus.

Es ist dann wieder sehr beeindruckend, wenn sich Prominente dazu äußern: Billie Eilish, der junge schrille Schlagerstar am musikalischen Sternenhimmel, formulierte: „Man sollte niemals zulassen, dass furchtbare Menschen einem das Gefühl geben, dass man keine Bedeutung hat." Aber was tun? Wenn es sich um Fremde handelt, kann man sich von Mobbern fernhalten und sie aus dem eigenen Leben verbannen. Das geht aber nicht mit Angehörigen, nicht mit denen, die einem am nächsten stehen, mit denen man viele Jahre zusammen verbracht hat und diese vergangene Zeit noch äußerst lebendig ist.

Jeder geht mit seinem Schmerz anders um: der eine zieht sich in sich selbst zurück, steckt sozusagen den Kopf in den Sand und möchte von dem Thema nicht mehr behelligt werden, der andere sucht sein Ventil in der regelmäßigen Erörterung der Sache, auf der ständigen Suche nach einer Lösung. Nichtstun ist vielleicht auf Dauer schädlicher als in irgendeiner Form aktiv zu sein. Das beste Mittel der Ablenkung ist wahrscheinlich, eine sinnvolle und ausfüllende Tätigkeit zu haben, für andere und fremde Menschen, die dafür ihren ehrlichen Dank zeigen und einem damit ein gutes Lebensgefühl geben.

Kapitel 1

Vor einigen Jahren, nachdem wir nicht mehr berufstätig waren und nun als Rentner unsere freie Zeit genießen können, sind wir in einen schönen Ort in Bayern gezogen. Wir hatten verschiedene Gründe: Die kleine Stadt und ihre Umgebung haben mehr Lebensqualität als unsere alte Heimatstadt in Nordrhein-Westfalen, die Menschen hier sind anscheinend zufriedener und daher freundlicher als die Leute aus der Gegend, wo der Wohnraum knapp und teuer ist und der Verkehr auf allen Straßen und Autobahnen überbordet, weil Nordrhein-Westfalen viel dichter besiedelt ist als unsere neue Heimat. Gleichzeitig sind wir nun viel näher an den von uns geliebten Ländern am Mittelmeer wie Kroatien, Italien und Frankreich. Und die Alpen sind sozusagen in greifbarer Nähe, um dort in Frühling und Herbst hin und wieder zu wandern und im Winter Ski zu laufen. Vor allem meinen wir, dass das Wetter in unserer neuen Wohngegend günstiger ist als in unserer alten Heimatstadt am Rande des Bergischen Landes, nicht weit vom Rhein entfernt. Und außerdem lässt es sich hier auch von den Lebenshaltungskosten her günstiger leben als anderswo.

Wir fanden eine sehr schöne helle Wohnung direkt am Fluss mit einem nach Süden ausgerichteten großzügigen Balkon. Mit dem Mobiliar aus unserem früheren Reihenhäuschen richteten wir uns gemütlich ein und fühlten uns rasch zu Hause.

Bei schönem Wetter unternahmen wir regelmäßig Ausflüge und lernten bald die nähere Umgebung kennen. Es war etwas gewöhnungsbedürftig, unter der Woche auf den Wanderwegen alleine unterwegs zu sein und kaum jemanden zu treffen. Das gab es nicht in den Wäldern im Bergischen Land oder im Siebengebirge, dort begegnete man immer anderen Leuten.

Schneller als gedacht bekamen wir einen guten Anschluss an die Nachbarn und an andere freundliche Mitmenschen. Dies geschah zunächst über den monatlichen Stammtisch der Nachbarschaft in einem nahe gelegenen Gasthaus und über die Mitgliedschaft im Sportverein, wo ich in der Aerobic-Gruppe mitmachte und mein Mann Hans bei einer Faustballgruppe.

Die Bayern lieben das Vereinsleben. Auf der Internetseite unserer neuen Heimatstadt ist nachzuvollziehen, wie zahlreich und vielfältig die Vereine und Gesellschaften hier sind, da ist für jeden etwas dabei. So ergab es sich bald auch für uns, dass wir Mitglieder in zwei internationalen Gesellschaften wurden, die die Partnerschaften mit den befreundeten Städten pflegen. Das bietet die Gelegenheit, das jeweilige Land, dessen Bewohner und deren Lebensart besser kennenzulernen. Außerdem können wir bei regelmäßigen Gesprächskreisen unsere Sprachkenntnisse anwenden und weiter vertiefen.

Durch unzählige Veranstaltungen beider Vereine lernten wir schnell viele Leute kennen und es ergaben sich mit der Zeit auch einige gute Freundschaften. Ich übernahm bald ehrenamtliche Tätigkeiten und wurde nach ein paar Jahren sogar zur Vorsitzenden einer der beiden Gesellschaften gewählt. Die zahlreichen Mitglieder zeigten mir damit ihr Vertrauen und danken mir regelmäßig für meinen Einsatz bei der verantwortungsvollen Arbeit, die ich aber auch als meine persönliche Weiterentwicklung sehe. Das und die Herzlichkeit der Menschen trugen dazu bei, dass wir den Umzug nach Niederbayern keinen Augenblick bereuten, im Gegenteil fanden wir das als eine der besten Entscheidungen unseres Lebens.

Wir wurden immer wieder gefragt, warum wir ausgerechnet in diesen Ort gezogen waren und wir nannten unsere Gründe. Ja, als letztes Argument nannte ich immer den Grund, dass unser Sohn in München lebt. Nun wohnten wir viel näher an seinem Wohnort und konnten ihn deswegen auch häufiger treffen. Jeder sagte dann, dass es unter diesem Gesichtspunkt ja wirklich verständlich ist, dass wir den Umzug nach Bayern gemacht haben. Ich hatte immer ein etwas schlechtes Gewissen, dass ich diesen Grund nicht als ersten nannte. Aber wir waren keine Helikoptereltern, die hinter ihrem Kind herziehen, und wohnten ja immer noch zweihundert Kilometer von ihm entfernt.

Mit zehn Jahren war ich mit meiner Familie aus dem Sauerland in eine kleine Stadt in der Nähe von Köln gezogen, bin hier zur Schule gegangen und habe mit achtzehn Jahren meinen späteren Ehemann Hans kennengelernt, der hier geboren war und bis zu unserer Eheschließung bei seiner verwitweten Mutter Gerda in einem kleinen Reihenhaus mit schönem Garten wohnte. Nach Beendigung seines Pädagogik-Studiums fand er Lehrerstellen in zwei Orten in Nordrhein-Westfalen, ehe er dann eine Stelle an einer Schule in der Nähe seiner Heimatstadt bekam, die er bis zum Pensionsalter behielt.

Ich arbeitete als kaufmännische Angestellte in einer Maschinenfabrik.

Nicht lange nach unserer Hochzeit verstarb meine Mutter, sie war unheilbar an Krebs erkrankt. Mit dem Nachwuchs ließen wir uns einige Jahre Zeit, denn wir wollten noch ein paar schöne Reisen machen und einen guten finanziellen Grundstock legen.

In diesen Jahren wollte meine Schwiegermutter nicht länger alleine in dem Haus leben, wo sie ihre vier Kinder als Witwe alleine großgezogen hatte. Da die Geschwister meines Mannes kein Interesse daran zeigten, in dieses Haus zu ziehen, entschieden wir uns dazu. Wir modernisierten und veränderten es nach unserem Geschmack und auch der Garten erhielt ein anderes Aussehen. Gerda fand eine Wohnung nicht allzu weit von uns entfernt, ebenfalls mit einem dazu gehörenden Garten, den sie mit viel Liebe bearbeitete. Ich verstand mich gut mit ihr. Früher war es üblich, dass die Schwiegerkinder ihre Schwiegereltern auch „Mutter" und „Vater" nannten und so hielt ich es auch.

Gerda gefiel es, wie wir das Haus gemütlich herrichteten und im Garten lernte ich viel von ihr über Pflanzen und Blumennamen, die mir bis dahin unbekannt waren. Ich staunte, dass sie schon früh im Jahr sagen konnte, was da aus der Erde kam, ob es ein Unkraut oder eine edlere Pflanze war.

„Das hast Du auch schnell raus", sagte Gerda zu mir.

Sie hatte Recht, bald konnte ich auch die verschiedenen Gewächse unterscheiden und die Namen der vielen Blumensorten behalten. An schönen Sommertagen hielten wir uns gerne in unserem Garten auf, der umgeben war von dichten Sträuchern, die uns vor neugierigen Blicken schützten.

1976 kam unser einziges Kind zur Welt, wir freuten uns riesig über unseren Sohn André und Gerda auch. Wir machten ihr die Freude, sie zur Patin über ihn zu machen. Ich fand das sehr sinnvoll, weil sie in unserer Nähe wohnte und wir sicher auch häufiger ihre Hilfe benötigen würden. Denn ich beabsichtigte, nach dem Mutterschaftsurlaub wieder halbtags zu arbeiten und das war mir auch problemlos möglich. Ich hatte meinen Haushalt so organisiert, dass ich Arbeiten und Familie gut unter einen Hut bringen konnte. Außerdem half Hans im Haushalt mit, was in den siebziger Jahren gar nicht so selbstverständlich war. Für viele Männer bedeutete das zu dieser Zeit, dass sie unter dem Pantoffel ihrer Ehefrau standen.

In den Siebzigern des vergangenen Jahrhunderts kämpften die Frauen für die Gleichberechtigung und auch mir war die Emanzipation sehr wichtig. Ich hatte erlebt, wie unfrei und abhängig meine Mutter von meinem Vater war, was wohl die meisten Ehefrauen dieser Generation waren. Das wollte ich auf gar keinen Fall selbst erleben, weshalb mir meine Berufstätigkeit auch als Mutter sehr wichtig war. Mein gutmütiger Hans war allerdings kein Ehemann, der mir anders als auf Augenhöhe begegnet wäre und so ist es auch immer geblieben.

Wir hatten einen schönen Freundeskreis, mit dem wir regelmäßig die freie Zeit verbrachten. Samstags abends feierten wir häufig Partys bei den Freunden, die einen Partykeller hatten. Dann benötigten wir einen Babysitter für unser Kind und Gerda war immer gerne zur Stelle. Viele Jahre verbrachte André ungezählte Samstagabende bei ihr. Er genoss es, von seiner Omi verwöhnt zu werden, mit ihr fernzusehen oder Spiele zu machen. Wir dankten es ihr, indem wir sie ab und zu bei Ausflügen mitnahmen und sie sonntags häufiger zum Kaffee und zum Abendessen einluden. Für mich gehörte es zum guten Ton und war selbstverständlich, Gerda am Tisch als erste zu bedienen.

Da meine eigene Mutter nicht mehr lebte, war meine Schwiegermutter auch meine Ansprechpartnerin für manche Probleme des täglichen Lebens, wobei sie sich aber nie in unser Eheleben einmischte und auch nicht in die Erziehung von André.

Wir erzogen unseren Sohn in humanem Sinne, wobei er sich aber von niemandem übervorteilen lassen sollte. Großen Wert legten wir auf Ehrlichkeit. Ich hatte im Laufe meines Berufslebens so viele Lügner erlebt, für die Wahrheit ein Fremdwort war. Sie fielen allerdings immer schnell auf, weil sie jedem etwas anderes erzählten. Meinen solche Leute, andere seien dümmer als sie selbst? Auf jeden Fall verlieren sie damit sofort jedes Vertrauen. André sollte ein ehrlicher und anständiger Mensch werden und damit vertrauenswürdig. Inzwischen frage ich mich aber, ob wir bei seiner Erziehung versäumten, ihm auch deutlich zu machen, dass er genau prüfen soll, mit wem er sich einlässt und ob diese Personen sein Vertrauen verdient haben.

André war ein zufriedenes, fröhliches, ausgeglichenes und liebes Kind, dem es an nichts zu fehlen schien. Er war immer artig und nie aufsässig und mir war es manchmal schon unheimlich, wie folgsam er war. Andererseits erklärten wir ihm immer, warum er dieses oder jenes nicht durfte. Er wurde aber kaum eingeschränkt bei seinen Wünschen und hatte alle Freiheiten zum Spielen, sich mit Freunden zu treffen und was sonst Kindern und jungen Menschen wichtig ist. Wir konnten uns immer auf ihn verlassen, dass er zur vereinbarten Zeit nach Hause kam, wir konnten die Uhr danach stellen.

Mit sechs Jahren lernte André Klavier zu spielen und wir hatten immer den Eindruck, dass es ihm Spaß machte. Stolz spielte er oft vor, was er fleißig geübt hatte. Bei seinen Freunden und Klassenkameraden konnte er später damit großen Eindruck machen. André war gutmütig, hilfsbereit und freundlich gegenüber jedem und beliebt bei allen, die ihn kannten. Er war gerne zusammen mit Tanten, Onkeln und Cousinen in lustiger Runde, wobei viel gelacht und gescherzt wurde. Es gab eine Zeit, in der er viele Witze erzählen konnte. Ein besonderes Erlebnis war, als er, ungefähr im

Alter von neun Jahren, zusammen mit seinem besten Freund unter dem Dach unseres Hauses eine Karnevalssitzung organisierte und uns, die Eltern und die Schwester seines Freundes mit selbst verfassten Büttenreden erfreute.

Unser Sohn war weit davon entfernt, egoistische oder gar narzisstische Züge zu zeigen und war nicht wehleidiger als andere junge Leute. Wir gönnten ihm immer alles, was ihm Freude machte. So erübrigte sich für ihn auch irgendwelche Aufsässigkeit in seiner Pubertät.

André war ein sehr guter Schüler und machte sein Abitur mit bestem Notendurchschnitt. Seine anschließende duale kaufmännische und betriebswirtschaftliche Ausbildung bei einem großen Konzern in Köln absolvierte er ohne Umschweife. Mit seiner Entwicklung insgesamt waren wir sehr zufrieden. Es gab ein paar Bekannte, die uns beneideten, weil es mit ihren eigenen Kindern nicht so problemlos lief wie bei uns. Der eine oder andere lästerte vielleicht auch. Aber wir sagten uns: Es ist egal, was die Leute denken oder sagen, die Hauptsache ist, dass wir mit unserem Kind zufrieden sind.

Zu Andrés Ausbildung gehörte auch ein Aufenthalt im Ausland und nach der bestandenen Prüfung und seiner mehrmonatigen Tätigkeit in dem Kölner Konzern verbrachte er ein Jahr in Athen. Er wusste, dass er nach diesem Auslandsaufenthalt nicht an seinen alten Arbeitsplatz in Köln zurückkehren konnte, da die Sparte Verkehrstechnik, für die er sich entschieden hatte, dort abgebaut wurde. Der Konzern bot ihm Arbeitsstellen in verschiedenen deutschen Städten an, André entschied sich für eine Stelle in München. Hier fand er schnell eine sehr schöne Wohnung mit einem kleinen Garten und ich werde nie vergessen, wie stolz und glücklich er war, nun in Bayern zu wohnen.

André liebte wie seine Eltern die Länder am Mittelmeer und die Alpen, wohin wir früher mit ihm in den Herbstferien zum Wandern fuhren. Als Kind war er so verliebt in die Berge, dass er Bauer in Meran werden wollte. Nun hatte er von München aus die Gelegenheit, regelmäßig ins Gebirge zu fahren und der Weg ans Mittelmeer war auch um hunderte Kilometer kürzer als vom Rheinland aus. Viele seiner Freunde aus seiner alten Heimat besuchten ihn und er fuhr mit ihnen an die nahen Seen im Voralpenland oder zum Wandern und Skilaufen in der schönen bergigen Umgebung.

Als Jugendlicher litt André jahrelang an Gesichtsakne, leider hatte er die von seinem Vater geerbt. Diese Situation verschafft jungen Leuten bestimmt keine Sicherheit bei der Suche nach einer Freundin, aber wir sprachen nie mit André darüber. Beim Interesse für das andere Geschlecht war er eher in sich gekehrt und wir stellten ihm auch keine bohrenden Fragen.

Mit achtzehn Jahren brachte André ein fröhliches und aufgeschlossenes Mädchen mit nach Hause, man konnte es sofort ins Herz schließen. Die junge Frau war fünfzehn Jahre alt, wirkte aber schon etwas älter. Die Beziehung dauerte aber gar nicht lange, vielleicht war es bei ihr nur eine Schwärmerei. André litt dermaßen an Liebeskummer, dass er mir unendlich leidtat. Wochenlang war er in sich gekehrt und redete kaum mit uns. Irgendwann sprach ich ihn darauf an und er sah ein, dass wir nicht länger wortlos nebeneinander her leben konnten.

Es dauerte endlos lange, bis er seine frühere Fröhlichkeit wiederfand. Mit Kameraden, die auch noch keine Freundin hatten, ging er regelmäßig samstags abends in die große Stadt, um dort das richtige Mädchen kennenzulernen. Wenn das nicht klappte, wurde der weitere Abend meistens mit Alkohol verbracht. Glücklicherweise hatte das keine negative Auswirkung auf Andrés schulische Leistungen.

Kapitel 2

Während seiner beruflichen Ausbildung war André mit einer großen Gruppe anderer Auszubildender viele Wochen in verschiedenen Städten Deutschlands. Dort hatte jeder seine eigene kleine Unterkunft und André kam nur zum Wochenende nach Hause. Er erzählte, dass sich die Auszubildenden abends immer trafen und viel Spaß miteinander hatten. Wenn der jeweilige Aufenthalt zu Ende war, mussten die jungen Leute ihre Unterkunft selbst reinigen und in Ordnung bringen, was jedes Mal penibel kontrolliert wurde. So lernte André auch, sich um den Haushalt zu kümmern. Als André mit der Ausbildung fertig war, zog er kurze Zeit später bei uns aus. Er hatte eine schöne Wohnung mit großem Balkon in einem noblen Vorort von Köln gefunden. Wir halfen ihm beim Umzug und konnten ihm zunächst mit vorhandenen Möbeln, Geschirr und Wäsche aushelfen. André war froh, dass er jetzt mit dem Fahrrad zu seinem Arbeitsplatz fahren konnte. Wie lästig war es doch bisher gewesen, täglich morgens im endlosen Stau zur Arbeit zu fahren und abends mit der gleichen Situation wieder zurück nach Hause! Er hatte keine Waschmaschine und ich war bereit, mich regelmäßig um seine schmutzige Wäsche zu kümmern, die er mir dann brachte. Das war immer eine schöne Gelegenheit, mit ihm ein paar Stunden zusammen zu sein.

Inzwischen hatte André eine junge Frau kennengelernt, die aus einem kleinen Ort zwischen Aachen und Köln stammte. Ihr Typ war ähnlich dem seiner erster Freundin. Er liebt also große Frauen mit blonden langen Haaren, die eher vollschlank sind. Die schulische Bildung war ihm anscheinend nicht so wichtig. Brauchte er also eine Partnerin, für die er sorgen konnte, die nicht mit bester Ausbildung auch auf eigenen Füßen stehen könnte?

Seine Freundin blieb bei ihren Eltern wohnen, weil sie in ihrem Heimatort eine Arbeitsstelle hatte, übernachtete aber am Wochenende stets bei André. Sie gab seiner Wohnung ihr persönliches Gepräge mit ihren Gegenständen und André ließ das gerne zu. Die Beiden kauften zusammen neues Geschirr und Besteck und andere Sachen, was völlig in Ordnung war.

André brauchte noch ein paar Möbelstücke, die er in Begleitung der Mutter seiner Freundin kaufte. Ich war ein wenig enttäuscht, dass er diese Sachen nicht mit mir zusammen anschaffte.

André war auch häufiger bei den Eltern seiner Freundin, als diese bei uns war. Aber war nicht Hans, als wir noch nicht verheiratet waren und ich noch zur Schule ging, auch viel öfter in meinem Elternhaus als ich in seinem?

Ich habe vergessen, wie lange diese Beziehung währte. Aber eines Tages, es war Sonntag, rief André uns an und teilte unerwartet mit, dass die Freundin Schluss mit ihm gemacht habe. Den Laufpass erhielt er mittels einer feigen SMS. Heutzutage spricht man sich wohl nicht mehr aus, mit wenigen Zeilen wird die Beziehung beendet, basta. André war völlig aufgelöst und brauchte Trost von seinen Eltern. Er kam umgehend zu uns und zog auch praktisch wieder bei uns ein. Er war aber nicht bereit, eingehend über diese Angelegenheit mit uns zu sprechen, was wir akzeptierten. Er war unfähig, in seine eigene Wohnung zurückzugehen, wo ihn alles an die Verflossene erinnerte.

Wir besaßen eine kleine Eigentumswohnung in unserem Heimatort, die gerade leer stand. Wir boten André an, dort einzuziehen und nach einigen Tagen stimmte er zu. Wir kümmerten uns um den Umzug, André hatte seine erste eigene Wohnung kein einziges Mal mehr betreten. Er lebte ein Jahr lang in unserer Nähe, ehe er dann den einjährigen Aufenthalt in Athen hatte. Auch in dieser Zeit kümmerte ich mich um seine Wäsche und wir waren immer froh, mit ihm ab und zu zusammen sein zu können.

Eines Tages überraschte uns André mit der Nachricht, dass sich die verflossene Freundin bei ihm gemeldet hatte und wieder mit ihm zusammen sein wollte. Er ging darauf ein und kam mit ihr auch zu uns. Sie war höflich und freundlich wie immer, wirkte aber etwas verlegen. André merkte dann aber bald, dass die erneute Aufnahme dieser Beziehung keinen Zweck mehr hatte und nun beendete er sie.

Unser Sohn freute sich, dass nun endlich der zur Ausbildung ge-
hörende Auslandsaufenthalt verwirklicht wurde und er von seinem
Arbeitgeber nach Athen geschickt wurde. Anlässlich der Olympi-
schen Spiele wurde hier eine neue U-Bahn gebaut. André erhielt
noch eine kurze Einführung in die griechische Sprache.

Mit seinem Auto, voll bepackt und mit dem Surfbrett auf dem
Dach, fuhr er dann eines Morgens im Februar los, zum Abschied
gab es ein paar Tränen. Aber natürlich war André voller Zuver-
sicht. In einem Vorort von Athen wurde in einem großen Privat-
haus eine schöne Souterrain-Wohnung für ihn angemietet. Der
Eigentümer wohnte hier zeitweise mit seiner Frau, wenn er sich
nicht in seiner Stadtwohnung aufhielt.

André hatte direkt guten Anschluss an das ältere Ehepaar,
konnte sich dank seiner Sprachkenntnisse leidlich mit den Beiden
unterhalten und sie schlossen ihn sofort in ihr Herz. Die alte Dame
versorgte André wie ihren eigenen Sohn und hatte immer etwas
zu Essen für ihn, wenn er abends nach Hause kam. Wenn die
Beiden sich in der Stadt aufhielten, musste André dafür sorgen,
dass alles gut verschlossen war. Das große Gartentor wurde mit
einer dicken Kette gesichert, André nannte sie die „Albanerkette".
Wenn in Griechenland irgendetwas schief läuft oder ein Einbruch
stattfindet, sind immer die Albaner die Schuldigen. Über dieses
Vorurteil konnte André nur lachen.

Ehe André seinen Heimatort verließ, kümmerte er sich noch darum, ein Mobiltelefon für seine Mutter anzuschaffen. Er erklärte
mir die neue Technik und schenkte mir einen günstigen Handy-
vertrag. So konnten wir regelmäßig SMS austauschen. André bot
an, zweimal wöchentlich bei uns anzurufen. Ich wäre damit zufrieden gewesen, wenn er einmal wöchentlich angerufen hätte. Aber
welche Mutter freut sich nicht, wenn der Sohn selbst anbietet, sich
häufiger zu melden? Ich freute mich sehr, dass er immer noch so
anhänglich war!

In Athen lernte André einen jungen Deutschen kennen, mit dem
er häufig seine freie Zeit verbrachte und mit dem er zusammen
surfte. Andrés Wohnung war groß genug, um Freunde und Bekannte aus der Heimat bei sich aufzunehmen, die Urlaub in Athen

machten. Es waren unzählige junge Männer und Frauen, die diese Gelegenheit nutzten und André ein paar Tage besuchten. Er genoss es und war froh, dass er die Abende nach der Arbeit nicht alleine verbringen musste.

Auch wir besuchten ihn zweimal für jeweils zwei Wochen und genossen die Tage mit ihm. Abends saßen wir in seiner großen Küche zusammen und wurden auch oft genug von der netten Vermieterin mit köstlichem Essen versorgt. So erlebten wir die bekannte griechische Gastfreundschaft. Auf den Küchenschränken stand eine Sammlung von leeren Plomari-Flaschen. André klärte uns auf, dass er sie zusammen mit seinen zahlreichen Besuchern in fröhlicher Runde geleert hatte. Natürlich tranken auch wir gerne ein Gläschen oder auch zwei nach dem Abendessen.

Eines Mittags rief Andrés Firma bei uns an, ich kam gerade von der Arbeit nach Hause. Die Dame am anderen Ende der Leitung sagte:

„ Ich muss Ihnen leider mitteilen, dass Ihr Sohn…"

In diesem Augenblick sackten meine Lebenssäfte hinunter bis in die Zehen und dieses lähmende, taube Gefühl werde ich mein Leben lang nicht vergessen!

„… gestern Abend in Athen von der Polizei festgenommen wurde."

Meine Gedanken überschlugen sich. Kannte ich meinen Sohn nicht? Handelte er mit Drogen? Nie war uns zu Hause aufgefallen, dass er damit in Kontakt gekommen war. Die Dame fuhr fort:

„Kann es sein, dass Ihr Sohn Gegenstände in seinem Auto hat, deren Einfuhr nach Griechenland verboten ist?"

Ich überlegte und dann fiel mir ein:

„Ja, es kann sein, dass er ein Funkgerät installiert hat. Im letzten Urlaub mit seinem Freund in Italien installierten beide diese Geräte in ihren Autos, um bei der Fahrt immer in Kontakt miteinander sein zu können."

„Ja", erwiderte die Dame,

„das ist wohl der Grund für die Festnahme…"

Ich fühlte mich etwas besser.

„... Ihr Sohn wird aber voraussichtlich heute am späteren Nachmittag wieder freigelassen", fuhr sie fort.

„Eine Rechtsanwältin unserer Firma vor Ort kümmert sich darum und wir sind hier ganz zuversichtlich. Wir melden uns dann heute Abend noch einmal bei Ihnen."

Wie fieberten wir diesem Anruf entgegen und der erlösende Anruf kam dann auch, dass André wieder frei ist. Er erzählte uns telefonisch noch am gleichen Abend, was abgelaufen war und wie lächerlich alles in seinen Augen war. Aber dieser Vorfall hatte ihn auch traumatisiert und bei unserem Besuch bei ihm zeigte er uns von weitem die Stelle, wo die Festnahme erfolgte. Dorthin – ein Berg mit bester Aussicht auf Athen und den Flughafen – wollte er keinesfalls noch einmal mit uns fahren. Ich selbst sollte dann zu einem späteren Zeitpunkt auch ein Trauma erleben, das mich vielleicht bis zum Lebensende verfolgt.

Kapitel 3

Nach seiner Rückkehr aus Athen zog André also Anfang des Jahres 2005 nach München. Hier hatte er eine großzügige Zweizimmerwohnung mit Garten gefunden, die er mit den Möbeln einrichtete, die bei uns während seines Auslandsaufenthaltes eingelagert waren. Ein Freund half ihm beim Umzug. André meldete sich telefonisch an einem sonnigen Februarsamstag und erzählte, dass er auf seiner verschneiten Terrasse in der Sonne sitzt. Ich beneidete ihn darum in unserer verregneten Heimat. Er hielt es immer noch bei, uns zweimal wöchentlich anzurufen.

Bis jetzt hatte André in seinen jungen Jahren schon gutes Geld verdient. Während seiner Ausbildung bekam er bereits ein stattliches Gehalt, als seine Schulfreunde noch auf Kosten ihrer Eltern irgendwo studierten. Der Aufenthalt im Ausland wurde doppelt vergütet und in München sind die Gehälter sowieso im obersten Bereich, wenn man eine gute Ausbildung hat. André war zwar nun bei einer Tochterfirma seines Konzerns beschäftigt, die einige Zeit später an einen japanischen Konzern veräußert wurde. Er hatte aber einen guten Posten und schon bald eine leitende Position mit Prokura.

Anfangs fühlte er sich ausgebrannt, als ich ihn danach fragte, wie es für ihn bei der Arbeit läuft. André bemängelte die japanische Art des Arbeitens, die sich wesentlich von der unterscheidet, die er bis jetzt gewohnt war. Er hatte gelernt, für seine Tätigkeit und seine Entscheidungen selbst verantwortlich zu sein, wogegen die Japaner im Team arbeiten und alle zusammen die Verantwortung tragen. Da ist dann jeder wichtig und jede Mail wird mit der höchsten Wichtigkeitsstufe an die Kollegen versandt.

Zunächst musste André wohl viel zu viel selbst erledigen. Nachdem er aber weitere Mitarbeiter hatte, klagte er nur noch selten über seine Arbeit. Es war ihm sehr angenehm, dass er mit dem Fahrrad zur Arbeit fahren konnte. Das war dann wenigstens eine sportliche Betätigung, wozu er in der Woche nicht allzu häufig kam.

Durch seine Firma erlebte André einige typisch bayerische Veranstaltungen, für die er entsprechende Kleidungsstücke brauchte.

Eine junge Kollegin, selbst keine Münchnerin, begleitete und beriet ihn, was er kaufen sollte und ob er gut darin aussah. Er kaufte eine Bundhose aus Leder, ein passendes weißes Hemd mit Biesen und Stickereien, ein Paar Haferlschuhe und Wadenwärmer. Ja, André sah jetzt aus wie ein flotter Bayer und er gefiel sich!

André gefiel es auch, sich in seiner freien Zeit häufiger mit Kollegen und Bekannten in einem Brauhaus zu treffen und in der wärmeren Jahreszeit im Biergarten. An einem Abend im Sommer rief er wie gewöhnlich bei uns an.

„Ich muss mich heute leider etwas kürzer fassen", sagte er zu mir.

„Ich bin mit ein paar Leuten im Biergarten verabredet und muss mir noch ein paar Brote schmieren."

Ich stutzte.

„Du kannst dir doch nichts zum Essen mitnehmen, wenn du in ein Gasthaus gehst", meinte ich.

„Doch, das ist in München so üblich", antwortete André.

Ungläubig wünschte ich ihm einen schönen Abend und legte auf. Dieser Brauch war uns im Rheinland nun gar nicht bekannt.

In diesem ersten Jahr in München besuchten wir André im Sommer und konnten bei ihm wohnen. An seinem Geburtstag im August spendierte er seinen Kollegen ein Mittagessen und ich bereitete die Speisen zu. Den Kollegen schmeckte es und André bedankte sich herzlich für meinen Einsatz. Er erhielt an diesem Abend so viele Anrufe von seinen Freunden aus nah und fern, dass wir nicht mehr dazu kamen, uns noch gemeinsam gemütlich zusammenzusetzen. Aber wir verlebten noch ein paar schöne Tage zusammen und besuchten auch ein paar Biergärten. Nun erlebten wir, dass es überall einen Bereich gibt, wo die Gäste selbst mitgebrachte Speisen verzehren dürfen. Man muss nur die Getränke beim Kellner bestellen.

Ein Bekannter und seine Frau waren vielleicht unser Vorbild, die alte Heimat im Pensionsalter zu verlassen. Die Beiden waren nach dem Berufsleben in die Nähe des Neusiedler Sees gezogen und sie luden uns ein, sie dort zu besuchen. Sie hatten jetzt ein kleineres Haus mit Garten und genossen ihre Zeit in der schönen Gegend mit den vielen Weinbergen, nicht weit von Wien entfernt. Vor allem ist hier auch das Wetter besser als in der Kölner Gegend und sie fuhren gerne mit ihrem offenen Cabriolet durch die malerische Landschaft. Sie hatten wie wir nur ein Kind, einen Sohn, der mit seiner Ehefrau und einem Töchterchen in Darmstadt wohnte, das zweite Kind war zum Zeitpunkt unseres Besuches unterwegs.

Die Bekannten waren traurig, dass sie die junge Familie nur selten sahen. Die Schwiegertochter litt an Eifersucht, weshalb das Enkelkind kaum seine Großeltern alleine besuchen durfte. Der Sohn hatte studiert, die Fachrichtung weiß ich nicht mehr, aber seine Mutter hatte seine Examensarbeit getippt. Ich gehe davon aus, dass immer ein gutes Verhältnis zwischen Eltern und Sohn bestand. Allerdings war dieser eine eher schmächtige Erscheinung im Vergleich zur kräftigen Statur seines Vaters. Vielleicht hatte der Junge ja keinen leichten Stand gegen diese übermächtige Gestalt.

Bei unserem Besuch waren wir Mithörer eines Telefonats zwischen Vater und Sohn, das für uns ziemlich peinlich war. Der Sohn kanzelte seinen Vater ungerechtfertigter Weise ab und das Gespräch endete dann abrupt. Ich dachte nur, dass uns unser Sohn niemals so begegnen würde. Das Ehepaar erzählte noch einiges über ihr angespanntes Verhältnis mit der Schwiegertochter. Ich war der Meinung, dass André viel umsichtiger sein würde bei der Wahl seiner zukünftigen Ehefrau, er war doch nicht dumm!

Zu Weihnachten kam André zu uns und wir feierten wie früher, mit Klavier- und Flötenmusik und Gesang vor der Bescherung und anschließendem leckeren Essen mit gutem Wein. Leider waren inzwischen einige Verwandte verstorben, die immer Heiligabend dabei waren, und nur noch eine Tante von mir feierte mit uns. Zu später Stunde ging André zur Christmette, wo er seine Klassenkameraden traf, mit denen er anschließend einen Pub aufsuchte und bis zur Sperrstunde blieb. Das war eine feucht-fröhliche Feier, wir gönnten ihm diesen Spaß.

Karneval konnte André als gebürtiger Rheinländer auf keinen Fall auslassen. Er reiste am Tag vor Weiberfastnacht an und blieb bis Aschermittwoch. Am Donnerstag begann bei seinem früheren Arbeitgeber ab 11.11 Uhr die Weiberfastnachtsfeier und daran nahm André schon seit Jahren teil, so auch diesmal. Wann er abends nach Hause kommen würde, stand in den Sternen.

Auch wir waren natürlich an diesem Tag unterwegs und kamen irgendwann am späteren Abend zurück. Da ging das Telefon und André teilte uns mit, dass er an diesem Abend nicht nach Hause kommen würde, er übernachte bei einer Bekannten. Aha, da tat sich wohl was! Der Anruf diente dazu, dass wir uns keine Sorgen um ihn machen müssen, so treu war er!

Er kam am späteren Vormittag des nächsten Tages zurück und sah etwas mitgenommen aus. André war auf diese Übernachtung nicht vorbereitet gewesen und musste die Kontaktlinsen noch einmal verwenden, die nur für einen Tag bestimmt waren.

Er hatte also eine neue Freundin! Die junge Dame kannte er allerdings schon aus früheren Tagen. Sie war zeitweise in seiner Abteilung während ihrer Ausbildung. Sie erzählte später, dass sie immer sehr beeindruckt war von Andrés Wissen. Zu der Zeit war das Interesse füreinander wohl nicht vorhanden, weil Beide Beziehungen mit anderen Partnern hatten.

Jedenfalls war das junge Paar an allen Karnevalstagen zusammen unterwegs und André erzählte uns zwischendurch, dass ihm an Pina außer ihrem Aussehen auch gefiel, dass sie ihm ehrlich erzählte, was sie bisher mit dem anderen Geschlecht erlebt hatte. Sie hätte sehr viele schlechte Erfahrungen gemacht, weshalb sie misstrauisch geworden sei. Später erzählte uns André, dass er lange darum gekämpft hätte, ihr volles Vertrauen zu erhalten. Zu einem viel späteren Zeitpunkt fragten wir uns, ob André auch geprüft hatte, ob Pina sein uneingeschränktes Vertrauen verdient hat. Und waren wirklich nur ihre Liebhaber schuldig? Sie hatten ja keine Möglichkeit, sich zu Pinas Vorwürfen zu äußern. Ich dachte nur: Hoffentlich hat André Recht und Pina ist wirklich so ehrlich wie er glaubt.

Im März dieses Jahres feierte ich meinen Geburtstag zusammen mit einigen Familienmitgliedern. Alle saßen am gedeckten

Kaffeetisch, als André mit seiner neuen Partnerin eintraf. Ihr Äußeres entsprach dem der verflossenen Freundinnen von André. Etwas scheu begrüßte Pina uns alle und die Beiden setzten sich zu uns. Ich erinnere mich noch gut, wie mulmig ich mich gefühlt hatte, als mich mein Mann zum ersten Mal zu seiner Verwandtschaft mitnahm! An diesem Tag war es uns nicht möglich, Pina näher kennenzulernen.

Nun sahen wir André vielleicht noch drei oder vier Mal im Jahr. Er hatte jetzt eine Wochenendbeziehung und entweder fuhr er nach Köln oder Pina mit dem Zug zu ihm nach München. Er rief uns aber weiterhin zweimal wöchentlich an, erzählte, was er erlebte und fragte nach, was wir so machten.

Bei diesen wenigen Treffen brachte er Pina immer mit. Wir lernten sie so kennen, dass sie eher distanziert und kühl war. Von Anfang an waren wir damit einverstanden, dass Pina uns beim Vornamen nannte, wobei André natürlich weiterhin Mami und Papi zu uns sagte. Irgendwann fiel uns auf, dass wir nie mit Pina zusammen herzlich gelacht und gescherzt hatten.

Wir erfuhren, dass Pina die mittlere Reife machte, den Beruf der Erzieherin in einem Kindergarten erlernte und anschließend eine kaufmännische Ausbildung in dem Konzern machte, wo André arbeitete und sie zeitweise seine Azubi war. Ich bewunderte sie, dass sie einen einjährigen Aufenthalt in Australien hatte, ich hätte mich das als junge Frau nicht getraut. Unter anderem hatte sie dort auch bei der Schafschur geholfen, weil das ja typisch für Australien ist, das muss man doch mal mitgemacht haben! Pina hatte also die notwendige Kraft dazu, ich hätte sie nicht gehabt.

Trotz aller Bemühungen bekamen wir leider keine richtige Nähe zu Pina. Sie interessierte sich wohl nicht für uns und unser früheres Familienleben. Viel später fiel mir auf, dass sie nie nach Fotos von André als Kind oder Jugendlicher fragte, die sich alle bei uns in zahlreichen Alben befanden.

Wenn Pina bei uns war, ließ sie sich gerne bedienen. Sie schien sich gut mit dem PC auszukennen, weshalb ich sie einmal fragte, ob sie mir helfen könnte bei einer Sache, die mir nicht klar war. Sie erklärte es, ohne aber an meinen Computer zu gehen und das half mir nicht weiter. Das erlebte ich noch ein zweites Mal so und kam wieder nicht weiter. Ich unterließ es dann, sie nochmals um Hilfe zu bitten.

Leider hatte Pina gewisse Defizite in ihrer Erziehung. Aber jeder kann ja noch dazulernen!

Ich möchte hier ganz deutlich betonen, dass wir nie bei Verwandten und Bekannten schlecht und nachteilig über unsere „Schwiegertochter in spe" gesprochen haben.

Pina hat eine ältere Schwester, die leider von Geburt an taubstumm ist. Sie ist verheiratet mit einem schwerhörigen Mann und hat zwei Kinder, einen Jungen und ein Mädchen. Der Junge war von klein auf der Übersetzer seiner Mutter, was ich bewunderte. Ich fand es erstaunlich, dass Pinas Eltern und Pina selbst nicht die Zeichensprache der Taubstummen gelernt hatten. „Sie soll Lippenlesen lernen" war das Argument. Aber konnte ihre Familie auch bei ihr von den Lippen ablesen, was sie stumm sagte? Bei späteren Treffen im Familienkreis fiel mir jedenfalls mehrmals auf, dass die Eltern und Pina nicht unbedingt immer verstanden, was die Taubstumme sagen wollte.

Ich sehe es als gewisse Bequemlichkeit und Gefühllosigkeit, die Gebärdensprache nicht zu lernen, aber man könnte es doch immer noch tun! Hätte ich ein taubstummes Kind gehabt, ich hätte das Erlernen als meine oberste Pflicht gesehen. Denn wie sonst kann eine Mutter verstehen, was ihr taubstummes Kind für Probleme und was es auf dem Herzen hat?

Irgendwann lernten wir auch Pinas Eltern Herta und Horst kennen, sie machten keinen unsympathischen Eindruck. Bei einem der wenigen Treffen mit ihnen sagte Horst, dass bei Pina häufig die Stimmung schwankt.

„Sie ist heute so und morgen so. Offensichtlich kann André aber gut damit umgehen."

Bekannt ist Pina in ihrer Familie für ihre Sturheit, womit sie ihren Mitmenschen wohl häufiger das Leben schwer macht.

Pina versteht sich anscheinend besser mit ihrer Mutter als mit ihrem Vater. Dieser arbeitete bis zur Verrentung in dem gleichen Konzern wie seine Tochter und André. Früher war er Vertreter für hochpreisige Kochtöpfe, die nur in privaten Haushalten verkauft werden. Dies erzählte Pina einmal, als ich ihr überaus umfangreiches Kochgeschirr in ihrer Küche sah. Ich fragte mich, ob Pinas Vater hauptberuflich diese Ware verkauft hatte oder abends nach der Arbeit im Büro. Ich hatte ein paar Mal solche Präsentationen im privaten Kreis mitgemacht, wobei anschließend immer über die Vertreter gelästert wurde. Mir gefiel nicht, dass einige Anwesende vom „Klinkenputzer" sprachen. Das erzählte ich Pina natürlich nicht.

Pinas Mutter war nicht berufstätig und somit finanziell völlig abhängig von ihrem Ehemann. Pina nannte Herta die „Einkaufskönigin", denn sie ging in aller Regelmäßigkeit mit ihren Freundinnen oder mit ihren Töchtern zum Shoppen in die große Stadt. Wenn Horst die gekauften Dinge aber für überflüssig hielt, hatte er keine Skrupel, die Frauen wieder zum Umtauschen zurückzuschicken, was für Pina dann ziemlich peinlich war.

Die Familie bewohnte einen schönen Bungalow mit gepflegtem Garten in einem nördlichen Stadtteil von Köln. Pina erzählte einmal, dass ihre Mutter ohne Wissen des Vaters eine Putzfrau beschäftigte. Hätte er ihr das nicht erlaubt? Andererseits: war hier Herta ein gutes Beispiel für ihre Töchter?

Bei uns war es üblich, und so war es früher auch in Hans' und in meiner Familie, dass die Kinder und Eltern die Mahlzeiten zu Mittag und zu Abend gemeinsam einnahmen. Das war immer eine gute Gelegenheit, sich miteinander zu unterhalten und zu erzählen, was jeder am Tag so erlebt hatte. In unser Wohnzimmer war auch die Essecke integriert und vom gedeckten Tisch aus konnten wir am Fernseher abends die Nachrichten mit verfolgen.

Wir erfuhren, dass es in Pinas Familie ganz anders zuging. In der Küche stand ein großer Tisch, an dem gegessen wurde. Allerdings traf sich die Familie nicht zum gemeinsamen Abendessen, sondern jeder konnte sich dann selbst bedienen, wann immer er Hunger hatte. Das ist für die Hausfrau zwar weniger Arbeit, aber mir hätte diese Situation nie gefallen. Da deckte ich doch lieber den Tisch und wir aßen in familiärer Gemeinschaft!

Kapitel 4

André lebte gerne in München und er war glücklich, als er Pina endlich davon überzeugen konnte, zu ihm zu ziehen. Sie fand eine Arbeitsstelle in Augsburg, was natürlich eine aufwändige Sache war mit dem täglichen Hin- und Herfahren, entweder mit dem Zug oder mit dem Auto. Pina machte nicht unbedingt den Eindruck, zufrieden und glücklich in München zu sein. Andererseits ging sie gerne zum Oktoberfest und kaufte sich auch bald ein schönes Dirndl.

Zunächst lebten die Beiden noch eine Zeit lang in Andrés erster Wohnung. Eines Tages erhielten wir die Nachricht, dass sie eine größere Wohnung gefunden hatten, auch mit einem Garten. Sie war im gleichen Stadtteil und André konnte weiterhin mit dem Rad zur Arbeit fahren.

Er liebte aber auch das Autofahren, sein Führerschein war ihm ein Heiligtum, das er nie aufs Spiel setzen würde, z.B. durch Fahren unter Alkoholeinfluss. Von Kind an war er Liebhaber des französischen Fahrzeugtyps mit der legendären hydropneumatischen Federung, wovon wir selbst im Laufe der Jahre verschiedene Modelle fuhren. Das junge Paar schaffte sich dann aber zusätzlich noch ein flottes Cabrio eines anderen Autoherstellers an und besuchte uns damit ab und zu in unserer neuen Heimatstadt.

Inzwischen hatten wir den Wohnort gewechselt und lebten jetzt auch in Bayern. Vor unserem Auszug hatten wir André gefragt, ob er sich vorstellen könnte, in unser Haus in NRW einzuziehen, wir hätten es dann noch weiterhin gehalten. Aber er lehnte das ab und für uns war damit klar, dass er nicht mehr in seinen Geburtsort zurückziehen möchte. Wir waren aber erstaunt, als er uns irgendwann erzählte, dass Pina nächtelang geweint hätte wegen unseres Umzugs. Auch ihm selbst war das nicht verständlich, weil er doch schon so viele Jahre nicht mehr bei uns wohnte. Pina hatte allerdings keine Tränen vergossen, als ihre Eltern ihr Haus in Köln verkauften und in die Nähe der Familie ihrer taubstummen Tochter im Münsterland zogen.

André liebte seine Arbeit. Pina meinte, dass für ihn der Beruf nur reines Vergnügen sein kann und er sich kaum dafür anstrengen muss. Sie dagegen fuhr eher ungern nach Augsburg.

Das junge Paar unternahm einige Reisen, eine davon ging nach Thailand, wobei Pinas Eltern mit von der Partie waren. Leider wurden wir nie gefragt, ob wir auch einmal ein paar Tage miteinander verreisen sollten. Das wäre doch eine gute Gelegenheit gewesen, Pina besser kennenzulernen.

Die Beiden waren vier Jahre zusammen, als uns bei einem der seltenen Besuche bei uns eröffnet wurde, dass Pina schwanger ist. Die Beiden waren noch nicht verheiratet und wir hatten damit nicht gerechnet. Meine Reaktion auf diese Nachricht war vielleicht nicht überschwänglich genug. Ich fragte, ob Pina schon beim Frauenarzt war, sie verneinte. Ich erzählte, dass ich damals auch zur Frauenärztin ging und sagte, ich sei schwanger, worauf die Ärztin antwortete:

„Das wollen wir erstmal sehen!"

Erst nach der Untersuchung bestätigte sie meine Schwangerschaft.

Pina war irgendwie eingeschnappt wegen meiner Äußerung, dabei wollte ich sie und André doch keineswegs kränken. Aber konnte ich wirklich so hocherfreut über ihre Schwangerschaft sein? Sie hätte meinen Sohn ja jetzt auch sitzen lassen und nur die Alimente kassieren können. Jedenfalls war nicht die Rede von einer baldigen Hochzeit.

Einige Tage später wurden wir dann informiert, dass Pina tatsächlich schwanger war und bald erfuhr das Paar, dass es eine Tochter bekommen würde, worüber André hocherfreut war. Das Kind kam sechs Wochen zu früh auf die Welt. Es hatte sich in der Nabelschnur verheddert und musste sofort mit Kaiserschnitt geholt werden. Das Mädchen war so klein wie meine Puppe, die ich aus meinen Kindertagen aufgehoben hatte, und Pina hatte nicht so kleine Kleidungsstücke angeschafft. Wir wurden gebeten, Babysachen der kleinsten Größe zu besorgen und das taten wir gerne.

Wir freuten uns sehr, unser kleines Enkelkind Tinka schon am nächsten Tag sehen zu können, André hielt es glücklich in seinen Armen. Pina blieb einige Tage im Krankenhaus und in dieser Zeit wurde André zu Hause von Pinas Mutter versorgt, die aus NRW angereist war. Seltsam, dass er seine eigene Mutter nicht darum bat.

Als ich meinem Bruder von der Geburt unseres Enkelkindes berichtete, gratulierte er mir und Hans. Ich sagte, dass wir damit doch gar nichts zu tun haben.

„Doch", erwiderte er.

„Ohne Euch wäre dieses Kind nicht auf der Welt!"

Wenige Wochen später musste Hans für drei Tage in die Augenklinik in München, weil eine Operation am linken Auge durchgeführt werden musste. Ich wollte ihn nicht alleine lassen und fuhr mit nach München. Ich fragte bei den jungen Eltern an, ob ich wohl bei Ihnen übernachten könnte. Ich wurde nicht gefragt, wie denn der Ablauf meines Aufenthaltes geplant war, mir wurde sofort eine Absage erteilt. Ich wollte den ganzen Tag bei Hans im Krankenhaus zubringen. Ich quartierte mich dann in einem Hotel in der Nähe der Wohnung der jungen Familie ein und traf nur einmal abends André in einer Gaststätte. Zu einem späteren Zeitpunkt sagte Pina undiplomatisch zu dieser Verweigerung, dass sie acht Stunden lang mit mir nichts anzufangen wusste. Diese Unstimmigkeit wurde dann aber gütlich miteinander geklärt und die Sache hatte sich für mich erledigt.

Wir sahen die Drei nicht allzu häufig, sie waren ja auch genug beschäftigt mit dem Nachwuchs. Als wir damals junge Eltern waren, ließ uns meine Schwiegermutter auch in Ruhe und kam nur zu uns, wenn wir sie einluden.

Pina hatte jetzt drei Jahre lang Mutterschaftsurlaub. Schon bald nach der Geburt flog sie mit dem Baby zu ihren Eltern in Nordrhein-Westfalen und Herta kam häufiger nach München. Einmal waren wir zum gleichen Zeitpunkt in München wie Pinas Eltern. Bei einem gemeinsamen Spaziergang erhielt ich nicht die Gelegenheit, den Kinderwagen zu schieben.

Ich bekam auch allmählich das Gefühl, dass wir erheblich seltener das junge Paar und sein Kind sahen als Pinas Eltern. André erzählte bei seinen regelmäßigen Telefonaten immer, wenn Pina unterwegs nach NRW oder Herta in München war. War es nur ein Gefühl oder war es die Realität? Ich begann, die Zeiten zu notieren, wie in einem Tagebuch. Die Notizen gaben mir Recht.

Schon vor der Ehe hatte Pina leider das Vorurteil, dass es „mit der Schwiegermutter einfach nicht geht".
Ich selbst hatte ja keine schlechten Erfahrungen mit meiner Schwiegermutter, warum sollte ich denn eine unverträgliche Person sein, die sich in alles einmischt? Und bisher hatten wir uns in nichts eingemischt! Wenige Male hatten wir mit Pina kleine Meinungsverschiedenheiten, so wie sie überall einmal vorkommen, wobei ich mich gar nicht mehr erinnere, worum es dabei ging. Aber Pina war nie bereit zum klärenden Gespräch, hier musste André immer die Dinge mit seinen Eltern allein wieder gerade rücken. Bestimmt fühlte er sich nicht gut dabei, denn er musste sich früher ja nie für sich selbst mit uns auseinandersetzen. Vielleicht erkannte er auch, dass sich Pina nicht immer korrekt verhielt, aber er musste ja zu ihr halten. Wirklich dumm, dass er für sie einsprang statt dass er Pina hier selbst aktiv werden ließ. War dieses Wegducken von Pina der erste bewusste Schritt zu der Situation, wie wir sie später leben mussten?

Wenn etwas geklärt werden musste, schmiegte sich Pina, die einen Kopf größer und viel kräftiger ist als ich, immer wie ein kleines Kind an André, als müsse er sie vor seinen Eltern beschützen. Mit dieser raffinierten Art forderte sie in der Tat seinen Beschützerinstinkt heraus. Pina gab sich überaus empfindlich, konnte aber andererseits, so sagte es André einmal, recht heftig gegen Andere austeilen und wir mussten das eines Tages auch erleben.
Pina pflegte offensichtlich ein gutes und enges Verhältnis mit ihrer eigenen großen Familie, während sie sich einmal geringschätzig dazu äußerte, dass André uns immer noch zweimal wöchentlich anrief, meistens von unterwegs aus. Ja, uns reichte auch ein Anruf nur einmal wöchentlich, aber was ging das Pina

eigentlich an, was störte sie daran? Fortan rief uns André immer am gleichen Wochentag auf dem Heimweg von der Arbeitsstelle an. Wir fanden den Anruf von unterwegs aus in Ordnung, so konnte er seine wenige freie Zeit abends zu Hause ganz seiner Familie widmen. Wir ließen dann Pina immer grüßen und er richtete uns auch ihre Grüße aus.

Als Tinka ungefähr ein halbes Jahr alt war, wurde sie in einer malerischen katholischen Kapelle in München getauft. Die Taufgäste wurden mit einer sehr schön gestalteten, großzügigen Karte eingeladen. Die Taufpaten waren Pinas taubstumme Schwester und Andrés bester Freund. Bei seiner eigenen Taufe hatten wir neben meiner Schwiegermutter auch einen guten Freund als Paten ausgesucht, mit dem wir uns leider im Laufe der Jahre überworfen hatten. Er beschenkte zwar sein Patenkind noch zum Geburtstag und zu Weihnachten bis zu dessen Volljährigkeit, kümmerte sich dann aber nicht mehr weiter um André und interessierte sich nicht für dessen weitere Entwicklung. Warum wurde der zweite Pate nicht aus unserer Familie gewählt? Es hätte ja zum Beispiel Andrés Vater sein können.

Tinkas Taufe erfolgte zusammen mit einem anderen Kindchen. Dessen große Familie gestaltete die kirchliche Feier in gewisser Weise mit. Unerwartet sang ein anwesendes kleines Mädchen alleine und stimmgewaltig ein bekanntes Lied, derart anrührend, dass uns die Tränen in die Augen stiegen. Ich sah auch bei Pina glasige Augen und damit zum ersten Mal, dass sie echte Gefühle zeigen konnte.

Am Altar wurden dann noch Fotos gemacht und Pinas Familie und der junge Vater stellten sich dafür in Positur. Keinem fiel ein, auch uns, die Großeltern väterlicherseits, dazu zu holen. Verstohlen stellte ich mich zu der Gruppe und kam mir fast so vor, als gehörte ich gar nicht dazu.

Die jungen Eltern waren stolz, dass die kleine Tinka offen gegenüber fremden Menschen war. War die Familie zum Beispiel in einem Restaurant, winkte das Kind den Leuten zu und lachte herzhaft mit ihnen. Auch uns gegenüber fremdelte sie nicht. Die Mutter hielt fast jeden Augenblick von ihrer kleinen Tochter mit der Kamera fest.

Als Tinka anderthalb Jahre alt war wurden wir gefragt, ob wir an einem Wochenende im Sommer auf sie aufpassen könnten. Das junge Paar hatte sich mit Freunden zum Rodeo-Reiten verabredet. Hocherfreut nahmen wir diese Gelegenheit wahr, uns einmal um unser Enkelkind kümmern zu können.

Wir verlebten mit Tinka ein schönes Wochenende bei bestem Wetter und das Mädchen vermisste gar nicht seine Eltern.
Lange Zeit mussten wir auf solch eine weitere Gelegenheit warten.

Dem jungen Paar hatte die Reiterei gut gefallen. Da André zum ersten Mal auf einem Pferd saß, hatte er leider mit heftigem Muskelkater zu kämpfen. Uns kam die Idee, den Beiden ein weiteres Reitwochenende als Weihnachtsgeschenk zu machen.

Kapitel 5

Eines Tages rief uns André unerwartet an und berichtete, dass er zusammen mit Pina eine Eigentumswohnung in München gekauft hatte. Diese Wohnanlage wurde aber erst noch gebaut, nicht weit weg von dem augenblicklichen Domizil der jungen Leute. Wir kannten Andrés finanzielle Situation, er hatte schon einen schönen Geldbetrag angespart und in dem teuren München war es sicher sinnvoller, eine eigene Immobilie zu besitzen statt dauerhaft eine hohe Miete zu bezahlen.

Pinas Eltern gaben einen gewissen Geldbetrag dazu, sie waren also bei der Kaufabwicklung mit einbezogen. Wir dagegen konnten uns jetzt aus der Ferne die Pläne der Immobilie auf der Internetseite des Investors ansehen. Wir wurden leider nicht gefragt, ob wir vielleicht auch einen Beitrag leisten könnten.

Mit diesem Kauf hatten wir allerdings den Eindruck, dass sich jetzt auch Pina in München zu Hause fühlt.

Tinka wurde im Januar 2013 zwei Jahre alt. Wir wurden zu ihrer kleinen Geburtstagsfeier eingeladen und auch Pinas Eltern waren anwesend. Die junge Mutter hatte eine riesige Menge Muffins gebacken und diese wollte sie bei der Feier mit einigen Freunden anbieten. Herta nahm sich heimlich in der Küche eine Muffin. Aber Pina sah das doch und schnauzte ihre Mutter so an, dass es mir peinlich war, dabei zu sein. Ich dachte, sowas würde mein Sohn niemals mit mir machen. Zunächst wollte ich Herta beispringen, aber dann dachte ich: Sie ist alt genug, um sich selbst zu wehren. Aber sie schwieg nur.

Wir wurden für ein Wochenende im Februar in München gebraucht und genossen wieder das Zusammensein mit der kleinen Tinka. Sie benötigte immer noch Windeln und wurde von den Eltern auch nicht dazu angehalten, auf das Töpfchen oder auf die Toilette zu gehen. Erst kurz bevor das Kind vier Jahre alt wurde, wurde es ihm wohl selbst unangenehm, die „großen Sachen" noch immer in die Windel zu machen. Da legten wir früher schon mehr

Wert darauf, dass die Kinder möglichst schnell von Pampers loskamen, denn der Kauf ging ganz schön ins Geld.

Als die jungen Eltern abends nach Hause kamen, gab Pina dem Kind eine frische Windel. Bei dieser Gelegenheit stellte sie fest, dass Tinka ein stecknadelgroßes rotes Bläschen an einem Finger hatte, vielleicht ein Blutschwämmchen. Pina fragte mich, was wohl geschehen sei. Ich hatte das Bläschen gar nicht gesehen und konnte dafür keinen Grund nennen. Etwas später kam André auch noch angerannt und fragte, wieso Tinka dieses Bläschen hat und ich konnte auch ihm nichts dazu sagen. Wenig später war es auch schon wieder verschwunden.

Mir kamen diese Nachfragen von den Beiden doch ziemlich suspekt vor. Wollten sie etwa damit sagen, dass wir auf Tinka nicht richtig aufgepasst hatten?

Unser Weihnachtsgeschenk – das Reitwochenende, mit dem wir den jungen Leuten eine Freude machen wollten – wurde dann im Frühjahr realisiert, als Tinka zwei ein viertel Jahre alt war. Nun kam sie zu uns und wir verbrachten zwei schöne Tage mit dem süßen Enkelkind.

Als die jungen Eltern zurückkamen gestanden sie, dass sie nicht zum Reiten waren, sondern das Wochenende in Regensburg verbracht hatten.

„Pina ist nämlich wieder schwanger", sagte uns André zwischen Tür und Angel.

„Und wir heiraten jetzt auch!"

Sie hatten es eilig nach Hause zu kommen und es gab für uns keine Gelegenheit, mit den Beiden auf diese Nachrichten mit einem Gläschen Sekt anzustoßen.

André hatte uns irgendwann erzählt, dass Pina einen ganz ausgefallenen Heiratsantrag erwarten würde. Wir hatten schon von solchen neumodischen Anträgen in der Zeitung gelesen. Zum Beispiel flog ein heiratswilliger junger Mann mit seinem Kleinflugzeug über seine Heimatstadt. Am Heck des Fliegers flatterte ein Banner mit der Aufschrift: „Heirate mich, liebe Michaela". Ein anderer stellte ein riesiges Plakat in die Landschaft, für alle Passanten lesbar: „Willst du mich heiraten, liebste Sandra?"

André war bisher nichts Außergewöhnliches eingefallen und wir überlegten mit ihm.

„Wie wäre es mit dem Heiratsantrag bei einer Ballonfahrt?" fragte ich ihn eines Tages. Wir hatten schon zwei Fahrten in einem Heißluftballon erlebt und fanden es einfach wunderbar.

„Da würde Pina niemals einsteigen", antwortete André.

„Das ist ihr einfach zu unheimlich."

Hatte André einen ganz ausgefallenen Heiratsantrag in Regensburg gemacht? Oder hatte sich der mit der zweiten Schwangerschaft erledigt? Jetzt war die Hochzeit doch praktisch unausweichlich geworden!

An einem Freitag im Juni 2013 fand die standesamtliche Trauung in Köln statt. Die junge Familie übernachtete bei Pinas Eltern und von den notwendigen Vorbereitungen bekamen wir nichts mit. Wir wohnten für zwei Nächte in einem Hotel. Die Trauung fand in der Mittagszeit im Rathaus statt und anschließend waren die zahlreich anwesenden Gäste in ein typisches Brauhaus auf eine Brotzeit eingeladen. André bat uns, zusammen mit ihm im Laufe des späteren Vormittags den Brautstrauß und die Blumen für die Tischdekoration in der Gärtnerei abzuholen und diese auf den Brauhaustischen dekorativ zu verteilen. Das taten wir gerne.

Es war ein schwülheißer Tag und über Köln braute sich ein heftiges Gewitter zusammen. Wir erreichten gerade noch trockenen Fußes das Brauhaus. Als wir dann nach getaner „Arbeit" hinüber zum Rathaus wechselten, war die Stadt fast dunkel und die Schirme konnten uns kaum trockenhalten.

Die sichtbar schwangere Braut trug ein cremefarbenes Kleid mit rotem Bolero und die kleine Tinka war in ein süßes Dirndl gekleidet. Die feierliche Trauungszeremonie filmte Hans in ganzer Länge. Unsere Plätze im Rathaus waren so angeordnet, dass wir dem Brautpaar und ihren Trauzeugen – Andrés bester Freund und Pinas beste Freundin - ins Gesicht sehen konnten und man erkannte, dass Pina Tränen der Rührung in den Augen hatte.

Nach der Trauung lachte in Köln wieder die Sonne. Die Freunde des frisch vermählten Paares hatten vor dem Rathaus einige typische Aktionen parat, unter anderem musste der Bräutigam die schon recht kräftige Braut durch ein in ein Betttuch geschnittenes Herz tragen. Anschließend fuhr die Hochzeitsgesellschaft mit einer Bimmel-Bahn durch die Altstadt, ehe es dann ins Brauhaus ging.

Andrés bester Freund hatte uns gebeten, für das Brautpaar ein Schloss mit ihren eingravierten Namen zu besorgen, das dann bald am Geländer der Hohenzollernbrücke befestigt werden sollte. Wir hatten das Schloss auf einem kuscheligen roten Herzchen befestigt und Tinka übergab es ihren Eltern. Ich weiß gar nicht, ob das Schloss jemals an der Brücke angebracht wurde.

Nach dem Essen trugen wir das Lied „Ein Vogel wollte Hochzeit machen" vor, mit zahlreichen netten Strophen, die auf Pina und André zugeschnitten waren. Die Gesellschaft war wohl zum Mitsingen des Refrains zu träge oder kannte das Lied gar nicht, schade.

Im Laufe des Nachmittags saß Pina viel zusammen mit ihren Freundinnen. Die beiden Familien des Brautpaars fanden nicht wirklich zusammen und ich hielt mich längere Zeit draußen auf, wo die Kinder herumtobten und die zweijährige Tinka mit dabei war.

An diesem Tag richtete die Braut kein einziges Mal das Wort an ihre Schwiegereltern und es kam leider auch kein Dank für unseren Einsatz.

Die kirchliche Trauung war zu einem viel späteren Zeitpunkt in München geplant.

„Ich möchte dann wieder Alkohol trinken können!" war das Argument der schwangeren Braut dafür.

Schon einen Monat später erfolgte der Einzug in die gekaufte Eigentumswohnung in München. Wir mussten nicht helfen, das taten schon Herta und Horst. Wir waren aber hocherfreut, dass wir darum gebeten wurden, Tinka für ein paar Tage zu uns zu nehmen. Es waren herrliche Tage bei bestem Wetter und wir vergnügten uns mit unserem Enkelkind beim Plantschen in einem städtischen Brunnen und im Schwimmbad. Die Kleine fühlte sich äußerst wohl und drückte sich immer wieder wohlig an uns. Sie vermisste ihre Eltern gar nicht.

Tinka konnte sich ab und zu ein wenig stur stellen, zum Beispiel beim Anziehen. Das hatte sie anscheinend von ihrer Mutter geerbt, denn von André kannten wir dieses Verhalten nicht. Aber als erfahrene Großeltern konnten wir sie immer mit Geschick doch dazu bringen, letztendlich das zu tun was gerade notwendig war.

Als wir Tinka wieder nach Hause brachten, waren hier schon alle Zimmer eingerichtet.

Die schwangere Mutter fühlte sich bei der Hitze nicht so wohl, aber ihre Eltern konnten sich ja um alles kümmern. Für uns war das jetzt der erste Blick in die Wohnung und ich fand, dass die 130 qm Wohnfläche nicht wirklich großzügig wirkten. Aber die Parterrewohnung hatte einen schönen großen Garten, wo die Kinder viel Platz zum Spielen hatten. Es wurde bald ein Rollrasen ausgelegt und zusammen mit Pinas Eltern wurden alle möglichen Pflanzen und Sträucher besorgt und eingesetzt. Unsere Mithilfe war hier nicht gefragt.

Kleine Kinder werden schnell groß und wir wollten gerne die Entwicklung unserer Enkelkinder so weit wie möglich miterleben. Es wurde uns ermöglicht, ungefähr alle vier bis sechs Wochen mit der jungen Familie zusammenzukommen. Da wir wegen unseres ehrenamtlichen Engagements und vieler anderer Verpflichtungen und Veranstaltungen einen gut gefüllten Terminkalender hatten, fragte ich, wenn der Abschied da war, bei André immer nach, wann wir uns denn wieder treffen könnten. Eine nette Einladung vonseiten des jungen Paares erfolgte eigentlich nie.

Wegen der Umständlichkeit mit dem ganzen Gepäck, das man für kleine Kinder bei Besuchen immer dabei haben muss, hielten wir es für einfacher, wenn wir für einen Tag nach München fuhren und André war stets damit einverstanden. Die Fahrt dorthin dauerte zwei Stunden und wenn wir ankamen, begrüßte uns vor allem

Tinka immer freudestrahlend. Jetzt hatte sie ja wieder zwei Spielkameraden, mit denen sie ihren Spaß hatte. Und wir hatten immer herzlich gelacht und viel Quatsch miteinander gemacht. Die Eltern schien das nicht so zu interessieren, sie kamen jedenfalls nicht dazu, um vielleicht mitlachen zu können.

Oft genug brachten wir Speisen für das Mittagessen oder Kuchen mit und ab und zu auch blühende Pflanzen, die in den Garten gesetzt werden konnten. Denn der hintere Teil des Gartens wies noch große Lücken auf. Leider wurden die Blumen aber wohl eher sich selbst überlassen, denn manches Mal stand die Pflanze bei unserem nächsten Besuch ziemlich unbeachtet und trocken da. Vielleicht traf ich ja nie Pinas Geschmack mit den ausgewählten Blumen.

Es war auch nicht so einfach, für Pina etwas zu kochen. Während André alles aß, was in seinem Elternhaus auf den Tisch kam und es ihm immer gut schmeckte, aß Pina längst nicht alles. Ich fragte immer nach, was sie mochte und richtete mich genau danach.

Natürlich hatte auch Pina ab und zu das Mittagessen zubereitet oder einen Kuchen gebacken. Es schmeckte immer gut und wir lobten die Speisen, die auf den Tisch kamen. Dies erwartete Pina allerdings auch und sie wäre enttäuscht gewesen, wenn unser Lob nicht gekommen wäre, wie uns André einmal sagte. Allerdings war Pina selbst mit dem Lob für meine Speisen immer recht sparsam. Meistens musste ich nachfragen, ob es schmeckt.

Ab und zu gingen wir aber auch alle zusammen mittags in ein Restaurant und André bezahlte immer die komplette Rechnung.

Bei den gemeinsamen Spaziergängen nach dem Mittagessen fiel mir auf, dass Pina oft wusste, welches Haus in ihrem Viertel zum Verkauf stand und wie teuer die Immobilien waren. Sie beobachtete offensichtlich immer noch den Münchner Markt, obwohl sie doch jetzt ihre Eigentumswohnung hatten. War sie nicht zufrieden damit?

Gerne schob ich den Kinderwagen mit Verena darin und Tinka fuhr mit dem Fahrrädchen neben uns her oder voraus. Bei etwas brenzligen Situationen, in denen Tinka fallen oder gegen etwas fahren konnte, zog ich aus Sorge schon mal die Luft durch die Zähne. Ich wurde dann oft vom jungen Vater gemaßregelt, dass ich jetzt nicht unnötig Angst verbreiten sollte. Aber meistens ging es ja auch gut und Tinka tat sich nicht weh.

Kapitel 6

André sagte uns einmal, dass ihn Pina ab und zu nach unserem Weggehen fragte, ob sie sich an dem Tag wohl korrekt verhalten hätte. Ich wunderte mich sehr darüber, denn wir waren doch gar nicht aneinander geraten! Sollte das etwa heißen, dass wir zu streng sind und sie immer auf der Hut sein muss? Bisher hatte uns noch nie jemand gesagt und auch Jüngere nicht, dass man sich in unserer Gegenwart nicht wohlfühlen kann. Und wenn Hans früher durch den Ort ging, freuten sich seine Schüler immer ihn zu sehen.

Hans äußerte, vielleicht nicht ganz geschickt, dass wir ab und zu eine Faust in der Tasche gemacht hätten. Er sagte nicht, wie er das meinte, und André fragte nicht warum. Diese Formulierung ist so zu verstehen, dass man sich in einer Situation sehr zurückhält und nicht gleich zur Sache kommt.

Pina hatte teilweise sehr spezielle und eher unangepasste Ansichten, weswegen wir uns wirklich ab und zu zurückhalten mussten. Zum Beispiel sagte sie einmal, dass sie es gar nicht mag, wenn ältere Menschen von ihren Erfahrungen reden.

Wir mussten an uns halten, als Pina äußerte, dass sie nicht unterstützt, dass alle Kinder unbedingt den bestmöglichen Schulabschluss machen müssen. Das verstand ich so, dass sie nicht wirklich gewillt war, unsere Enkelinnen dann zu unterstützen, wenn es notwendig war.

Tinka und Verena nahmen an der musikalischen Früherziehung teil und es machte ihnen großen Spaß. Der Unterricht fand in einem Haus nicht weit weg von ihrem eigenen Zuhause statt und er kostete ihre Eltern nichts. Irgendwann mussten wir erfahren, dass die beiden Kinder wieder abgemeldet wurden. Das machte uns betroffen, aber wir konnten leider keinen Einfluss nehmen. Wir waren davon ausgegangen, dass André, der ja selbst früh gelernt hatte Klavier zu spielen, diesen Unterricht unterstützt hätte.

Erst im Januar des folgenden Jahres war Tinka wieder für ein paar Tage bei uns zu Besuch. Wir gingen mit ihr zu einem Motorik-

Park, auf den Spielplatz und zum Schlittenfahren und spielten natürlich auch zu Hause zusammen. Tinka machte gerne Musik mit uns. Der Opa spielte auf der Gitarre, Tinka und Oma hatten Rhythmus-Instrumente und wir schütteten uns aus vor Lachen, wenn wir urplötzlich die selbst ausgedachte Musik beendeten. Auch der Hula-Hoop-Reifen hatte es der Kleinen angetan.

Als der Papa sie zum Schluss wieder abholte, wollte sie gar nicht mit ihm nach Hause fahren. André tat mir in diesem Augenblick richtig leid. Später sagte er uns, dass ihm diese Tage, in denen Tinka fort war, am schwersten gefallen seien. Dagegen hatte es ihm nie etwas ausgemacht, wenn Pina mit Tinka tagelang nach Nordrhein-Westfalen unterwegs war.

Inzwischen war schon das zweite Kind auf der Welt. Verena wurde im Oktober geboren und sicherlich kümmerte sich auch der Vater viel um den Säugling. Aber vielleicht hatte er zu diesem Zeitpunkt eine größere Nähe zu Tinka. Sie schlief zeitweise sehr schlecht und André verbrachte dann immer die Nächte mit ihr auf der Couch und genoss das Kuscheln mit ihr. Bei uns schlief Tinka immer sehr gut.

Wenn wir in München waren, kümmerten wir uns um die kleine Verena genauso, wie wir uns mit Tinka in diesem Alter beschäftigt hatten. Oft genug allerdings trug die Mutter das Baby mit sich herum oder legte es sich stundenlang auf den Bauch. Mir fiel auf, dass sie gar nicht so viele Fotos von ihrem zweiten Kind machte, wie sie es seinerzeit von Tinka gemacht hatte.

Irgendwann wurde der Termin für die kirchliche Hochzeit festgelegt, sie sollte im Oktober dieses Jahres in München stattfinden. Lange vor der Verheiratung hatte Pina einmal gesagt, dass sie Heiraten in Weiß blöd findet. Es war die Rede von einer Hochzeit im Trachtenlook. Dazu stand man jedoch bald nicht mehr und Pina war auf der Suche nach einem weißen schulterfreien Kleid. Ich wunderte mich, dass schon so lange vor dem Hochzeitstermin die Auswahl getroffen war. Der Körper konnte sich bis dahin doch noch sehr verändern, das Kleid dann entweder zu eng oder zu weit sein.

„Das wird dann kurz vor der Hochzeit nochmal ganz genau angepasst", wurde ich belehrt.
So ist das wohl heute!

Als André zum Zeitpunkt seines Geburtstages im August ein Wochenend-Treffen mit einigen Schulkameraden vorhatte, boten wir Pina an, in diesen Tagen doch einmal mit den Kindern zu uns zu kommen, wir könnten sie doch mal verwöhnen. Die junge Familie besaß ja zwei Autos, da war das doch kein Problem. Diese Einladung nahm sie auch an, sie schien sich darüber zu freuen. Als es dann aber so weit war, teilte sie uns mit, dass sie doch nicht kommen könne, weil sie noch so viele Vorbereitungen für die Hochzeit zu erledigen hätte. Über diese Absage waren wir sehr enttäuscht!

Trotz Einzug ins neue Heim und bevorstehender Ausgaben für die Hochzeit, zu der mindestens achtzig Personen eingeladen werden sollten, war aber noch genug Geld da, um in Urlaub zu fahren. Wahrscheinlich kümmerten sich die Nachbarn in der Zwischenzeit um Wohnung und Garten, wir wurden jedenfalls nicht darum gebeten. Aber der Urlaub musste leider vorzeitig abgebrochen werden, weil es im Keller der neuen Wohnung einen unerklärlichen Wasserschaden gab. Man stellte fest, dass ein Winkel in der Rohrleitung nicht korrekt eingepasst war und an dieser Stelle lief das Wasser in den großen Raum, der teilweise als Gästezimmer diente und mit Teppichboden ausgelegt war. Nun musste alles ausgeräumt werden.
Wir wurden gebeten, Tinka für ein paar Tage zu uns zu nehmen und das taten wir wieder sehr gerne. Diesmal war das Wetter leider nicht so schön, aber trotzdem hatten wir unseren Spaß miteinander.

Bei unserem nächsten Besuch in München zeigte uns André, dass der Keller jetzt anders gestaltet war. Eine Trennwand war zwischen den Abstellbereich und das Gästezimmer montiert worden. Irgendwie kam die Rede auf Weihnachten und André erzählte, dass Pinas Eltern und ihre Schwester mit Familie kommen würden. Anschließend würden sie dann weiter in die Alpen zum

Skilaufen fahren. Ich fragte, ob wir wohl an Heiligabend auch kommen könnten.

„Oh, das wird wohl eng werden", antwortete er spontan. Aber dann schob er nach:

„Das kriegen wir schon irgendwie hin."

Kapitel 7

Für die kirchliche Hochzeit hatte ich ein schönes Kleid gefunden und dazu passend in den Farben kaufte ich mir einen kleinen Kopfputz aus Federn, den ich mit einem Clip im Haar befestigen konnte. Ich gefiel mir richtig gut! Hans kaufte extra einen neuen eleganten Anzug.

Die Trauung sollte in der malerischen Kapelle, in der Tinka getauft worden war, am frühen Nachmittag stattfinden, mit der gleichzeitigen Taufe von Verena. Die anschließende Feier in einem typisch bayerischen Restaurant war bis tief in die Nacht geplant, weshalb wir nicht weit vom Ort der Feier entfernt ein Hotelzimmer reservierten, so wie auch ein Teil der Hochzeitsgäste, die von weit her anreisen mussten. Pinas Eltern waren schon ein paar Tage vor der Hochzeit angereist und nächtigten im neu gestalteten Gästezimmer. Nach der Hochzeit beabsichtigten sie, von München aus für zwei Wochen nach Mallorca zu fliegen. Die Nacht nach der Feier mussten sie allerdings auch in einem Hotel verbringen, das nicht weit von Andrés und Pinas Wohnung entfernt war. Pina hielt das für gerecht, dass auch Herta und Horst wie alle angereisten Gäste ein Hotelzimmer nehmen mussten. Viele Personen aus ihrer Verwandtschaft waren bei der Hochzeit anwesend, von Andrés Seite nur wir. Wir wissen nicht, ob seine Onkel, Tanten und Cousinen überhaupt eingeladen waren.

Da der Hausstand der jungen Familie ziemlich komplett war, wünschte sich das Brautpaar als Hochzeitsgeschenk von den Gästen Geld für eine Hochzeitsreise nach New York. Dies wurde so in der Einladungskarte formuliert, die sehr hübsch in bayerischer Art gestaltet war. Seltsam war, dass an dem roten Band, mit dem die Karte eingefasst war, nur ein kleiner Schnipsel hing mit dem Hinweis darauf, dass Verena gleichzeitig getauft würde. Hatte die Braut, die sich um den Entwurf der Karte gekümmert hatte, die Taufe glatt vergessen und diesen kleinen Zettel noch rasch nachgeschoben?

Die Hochzeitsreise war in der Adventszeit geplant. Pina und André fragten, ob wir bereit wären, uns in ihrer Abwesenheit um beide Kinder zu kümmern. Einerseits war ich darüber hocherfreut, andererseits befürchtete ich, dass wir vielleicht mit beiden Enkelinnen überfordert sein könnten. Bis dahin war die kleine Verena nämlich kein einziges Mal mit uns alleine zusammen gewesen und mit Sicherheit kannte sie Pinas Eltern viel besser als uns. Was wäre, wenn die Einjährige krank würde? Mir fiel die Sache mit dem kleinen Bläschen an Tinkas Finger ein, als Pina und André so besorgt nachgefragt hatten, woher das wohl käme.

Tinka wurde jetzt schon bald vier Jahre alt, sie war vertraut mit uns und hätte sagen können, was ihr fehlt. Ich äußerte also meine Bedenken und sagte, dass wir doch Tinka nehmen und Herta und Horst sich um Verena kümmern könnten.

Ohne darüber nachzudenken, dass diese Lösung sicherlich viel besser zum Wohle der Einjährigen wäre, sagte Pina dazu, dass wir uns entweder um beide Kinder kümmern müssten oder um keines, denn die beiden sollten nicht getrennt werden. So war es denn meine Entscheidung, dass wir als Großeltern nicht zum Einsatz kamen.

Wir wurden aber darum gebeten, uns am Vormittag des Hochzeitstages im Oktober um die beiden Enkelkinder zu kümmern. Die Braut musste ja noch angekleidet und frisiert und der Schleier aufgesteckt werden und was sonst noch zu tun war, wobei ihr sicher Herta helfen sollte. Diese brauchte dann ja auch noch Zeit dazu, sich selbst in ihrem Hotelzimmer herzurichten.

Selbstverständlich reisten wir frühzeitig an, wobei ich auch schon mein Hochzeits-Outfit anhatte. Wir gingen nicht davon aus, dass es vor der Hochzeit noch etwas zu essen gab und ich machte mir auch überhaupt keine Sorgen, dass ich mein Kleid beschmutzen würde.

Das Wetter sollte an diesem Tag etwas wechselhaft werden, aber am Vormittag schien die Sonne. Deswegen entschied sich das Brautpaar, die Hochzeitsfotos schon vor der Trauung im Freien machen zu lassen. Dafür war ein professioneller Fotograf engagiert worden. Die Kinder sollten mit dabei sein und so musste ich mich beeilen, den beiden die hübschen Kleidchen anzuziehen. Herta hatte eine Suppe für den Mittag vorbereitet, die wir dann ziemlich hastig aßen, obwohl wir gar keinen Hunger hatten. Pinas Eltern blieben noch ziemlich lange in der Wohnung und für mich gab es nichts weiter zu tun. Später sagte Herta, sie hätte sich um alles gekümmert, weil sie Sorge hatte, ich könnte mir mein Kleid beschmutzen. Aber was ging sie das eigentlich an?

An diesem Samstag fanden in der kleinen Kapelle auch einige andere Trauungen statt, dieses Kirchlein ist dafür wohl sehr beliebt in München. Als unsere Gesellschaft dann endlich die Kapelle betreten konnte, mussten wir, Vater und Mutter des Bräutigams, zusehen, dass wir noch einen Platz in der ersten Reihe bekamen. Tinka und Verena waren zunächst bei Pinas Eltern, die selbstverständlich auch ganz vorne saßen.

Das Brautpaar hatte bereits vor dem Altar Platz genommen. Schon sehr bald wurstelte sich Verena auf allen Vieren zu ihren Eltern durch und blieb während der gesamten Zeremonie bei ihnen. Allerdings blieb sie nicht die ganze Zeit auf dem Schoß ihres Vaters sitzen, sondern krabbelte wiederholt im Altarraum herum und der Vater musste sie immer wieder zurückholen. Bekam dieser eigentlich genau mit, was der Pfarrer predigte? Er hatte das Thema „Gern haben" gewählt und stellte heraus, dass dieser Begriff doppeldeutig ist. Man kann sich also zum Beispiel als Ehepaar richtig gern haben, aber man sagt auch häufig in der Auseinandersetzung mit dem Partner oder mit anderen:
„Du kannst mich mal gern haben!"
Die Braut blieb die ganze Zeit wie festgenagelt sitzen, sie konnte sich in ihrem weißen, langen, schulterfreien Kleid ja nicht um ihr Töchterchen kümmern. Die Trauzeugen waren die gleichen Personen wie bei der standesamtlichen Hochzeit.
Die anschließende Taufe von Verena ging fast im Gewühl der Anwesenden unter. Herta kam gar nicht dazu, dem Kind das Taufkleid überzustreifen, das auch Tinka getragen hatte, und manche der Hochzeitsgäste schienen die Taufe gar nicht mitbekommen

zu haben. Verenas Taufpaten waren wieder keine Personen aus unserer Familie.

Nun begab sich die Hochzeitsgesellschaft mit den eigenen Autos zu dem bayerischen Restaurant. Das Brautpaar saß in einem blumengeschmückten Auto, das von Andrés bestem Freund chauffiert wurde, und alle anderen fuhren hupend hinterher. Die Gesellschaft zog sich wegen der Verkehrssituation auf Münchens Straßen ziemlich schnell auseinander und alle kamen zu unterschiedlichen Zeiten an. Der engagierte Fotograf war ebenfalls anwesend und schoss unendlich viele Fotos.

Zunächst gab es für die ganze Gesellschaft eine riesige Hochzeitstorte, die bayerisch gestaltet war so wie auch die hübsche Tischdekoration. Anfangs standen die Gäste an den zahlreichen Stehtischen herum und unterhielten sich angeregt miteinander. Es war eine sehr lockere Atmosphäre. Es waren auch viele Kinder anwesend, größere und kleinere, die zwischen den Erwachsenen herumtobten oder nach draußen liefen.

Ich hatte ein sehr nettes Gespräch mit Pinas Cousine, die Verena auf dem Arm trug. Das kleine Mädchen fühlte sich anscheinend sehr wohl und knabberte an einem Keks. Pinas Cousine ist eine wahre Schönheit. Sie arbeitet in der Kindererziehung und von ihr strahlte eine Herzlichkeit aus, die mir unvergesslich ist.

Als Pina sich unter die Gäste mischte, hatte ich kurz die Gelegenheit, ihr zu sagen, dass sie eine schöne Braut ist und sie lächelte mich an.

Das Wetter hatte sich glücklicherweise gehalten, aber es war um diese Jahreszeit natürlich schon etwas kühler. Der Fotograf machte draußen zahlreiche Bilder von der ganzen Hochzeitsgesellschaft.

Einige Gäste hatten auch diesmal wieder typische Aktionen vorbereitet, wobei für mich das Schönste die bunten Ballons waren, die jeder in den Himmel steigen ließ.

Auf den Tischen im Restaurant waren hübsche Kärtchen ausgelegt, damit jeder seinen Platz finden konnte. Die Eltern des Brautpaares saßen selbstverständlich mit diesen an der gleichen langen Tafel wie auch alle anwesenden Familienmitglieder. Die kleine Verena war neben Pinas Mutter platziert. Die kaum Einjährige musste ja noch gefüttert werden. Tinka hatte ihren Platz uns gegenüber, worüber ich mich freute. Aber natürlich blieb sie nicht lange dort sitzen, sondern tollte mit den vielen anderen Kindern in dem riesigen Raum herum.

Das mehrgängige Menü schmeckte ausgezeichnet und der dazu ausgewählte Wein ebenfalls.

Im Laufe der Feier stellte das Brautpaar alle eingeladenen Gäste vor. Es waren viele Kollegen und Freunde dabei, die uns alle unbekannt waren. Ich weiß nicht, ob André und Pina bei diesen Leuten auch zu deren Hochzeiten eingeladen waren. Heutzutage wird eben nicht mehr nur im Familien- und engsten Freundeskreis gefeiert, wie das bei uns und unseren Freunden der Fall war. Die Hochzeitsgesellschaft kann gar nicht groß genug sein!

Horst sah sich veranlasst, eine kleine Rede zu halten. Ich fragte Hans, ob er wohl auch etwas sagen wollte. Er hatte aber nichts vorbereitet und verneinte.

Pinas Vater ging in die Vergangenheit zurück und beschrieb unter anderem, wie er unseren Sohn kennengelernt hatte. Es war bei der Karnevalsfeier des Konzerns an Weiberfastnacht, als ihn ein Kollege ansprach:

„Kennst du den Kerl, der da bei deiner Tochter steht?"

Ich horchte auf. Das Wort „Kerl" alleinstehend ist negativ besetzt, wie löst Horst das wohl auf? Er tat es gar nicht! Er sagte nur, dass dieser jetzt sein Schwiegersohn ist. Es hätte doch zig Möglichkeiten gegeben, unseren gefühlvollen, wohlerzogenen und bestens ausgebildeten Sohn ins rechte Licht zu rücken! Ich war enttäuscht. Sind wir als Eltern dieses „Kerls" damit nicht auch in gewisser Weise abgewertet? Ich hoffte nur, dass die anderen Gäste dieser Rede nicht so gefolgt waren wie ich!

Einige Zeit später setzte sich Horst zu uns an den Tisch, der Platz neben mir war gerade frei. Wir hätten ihn auf seinen Fauxpas aufmerksam machen können, taten es aber nicht. Ich kann mich nur noch an das erinnern, was er so sagte:

„André hat einen großen Fehler gemacht, dass er sich im Konzern für die Verkehrstechnik entschieden hat. Hätte er sich für eine andere Sparte entschieden, z.B. für die Medizintechnik, dann wäre er heute noch im Konzern."

Wenig später kam dann:

„Naja, er scheint ja jetzt auch ganz gut zu verdienen."

Mir blieb die Luft weg. Warum nur sagte ich ihm nicht, dass es André aber nie nötig gehabt hatte, „Klinken zu putzen"? Wahrscheinlich bin ich zu gut erzogen und wollte nicht provozieren. Mir laufen diese Worte immer noch nach und ich frage mich, was Horst nur damit sagen wollte. Sollte das vielleicht bedeuten, dass unser Sohn froh sein kann, dass er seine Tochter heiraten durfte? Witziger Weise wurde die Sparte Medizintechnik in diesem Konzern wenige Wochen später aufgelöst!

Die Hochzeitsfeier ging bis in die tiefe Nacht. Für die zahlreichen Kinder war ein Raum vorhanden, wo sie schlafen konnten und ab und zu gingen die Mütter und auch Herta nachsehen, ob alles in Ordnung war. Ich fragte André, ob ich auch mal nachsehen sollte, aber das war nicht nötig.

Es gab einige Spielchen und ein D.J., den Pina aus Köln kannte, war für die Musik zuständig. Bald schon waren die Gäste auf der Tanzfläche. Neben ansprechender Tanz- und Discomusik gab es aber leider auch harte Technomusik, bei der wir uns dann setzten und uns ausruhten. Früher sagte André zu dieser Art Musik, dass man sich auch gleich neben den Rasenmäher setzen könnte. Er hatte sie doch bestimmt nicht ausgesucht? Ganz spät, als schon einige Gäste und auch Pinas Eltern gegangen waren, gab es noch Karnevalsmusik aus Köln und wir hüpften, tanzten und sangen mit den jungen Leuten bis zum Schluss. Wir mussten nicht weit zu unserem Hotel gehen, aber das Brautpaar musste noch die schlafenden Kinder einsammeln und mit dem Taxi nach Hause fahren.

Am nächsten Morgen fuhren wir nach dem Frühstück und dem Auschecken zu der jungen Familie. Das Wetter war schön und Pinas Eltern und ihre Schwester mit Familie saßen schon auf der Terrasse. Wir setzten uns dazu. Kurze Zeit später fragte André seinen Vater, ob er mit ihm zu dem Restaurant fahren würde, um dort die Rechnung zu begleichen. Ja, die Feier hatte schon einige tausend Euro gekostet, aber André fragte seinen Vater nicht, ob er wohl einen Teil davon bezahlen würde. Ich fragte mich im nach hinein, ob André das wohl erwartet hatte, aber Hans verneinte das. Wir waren ja auch überhaupt nicht mit einbezogen gewesen in die Vorbereitungen und in Köln sagt man: „Wer die Musik bestellt, der bezahlt sie auch!"

Ich saß nun alleine bei der Familie und irgendwie fühlte ich mich nicht wohl, als wäre ich ein Fremdkörper. Nach und nach kamen einige, mir unbekannte Paare vorbei, um sich beim Brautpaar zu bedanken und zu verabschieden. Pina war ihnen gegenüber sehr höflich und freundlich. Einige kannten wohl auch Pinas Familie und begrüßten sie. Ich wurde fast gar nicht beachtet. Ich wünschte mir meinen Sohn und meinen Mann herbei und war erleichtert, als sie endlich wiederkamen. Ich weiß nicht mehr, ob die Beiden etwas zu essen mitbrachten oder ob es vorhandene Speisen gab, jedenfalls saßen wir zum Essen zusammen, ohne dass ein anregendes Gespräch zustande gekommen wäre. Die Kinder quengelten ein wenig herum und Hans und ich entschieden, einen Spaziergang mit ihnen zu machen. Nach unserer Rückkehr gab es Kaffee und Reste von der Hochzeitstorte und wir verabschiedeten uns dann bald. Auch Hans fühlte sich nicht wohl genug, um noch länger zu bleiben.

Während ich diese Zeilen schreibe und unsere Geschichte Revue passieren lasse, wird mir schmerzlich bewusst, wie wenig wir in das Leben unseres Sohnes mit einbezogen waren. Wir waren zwar relativ regelmäßig mit der Familie zusammen, meistens alle vier bis sechs Wochen an Sonntagen, und André telefonierte wöchentlich mit uns und erzählte, was die Kinder machten oder wie es ihm bei der Arbeit erging. Aber ist das schon Teilhabe an seinem Leben, so wie Pinas Eltern am Leben ihrer Tochter teilhaben? Mein Eindruck war, dass sich die Gelegenheiten, uns einige Tage um Tinka kümmern zu können, meistens daraus ergaben, dass wir gebraucht wurden, weil die jungen Eltern etwas vorhatten und Pinas Eltern, die ja einige hundert Kilometer weit weg wohnten, dafür gerade nicht zur Verfügung standen.

Bei der Hochzeitsfeier kursierte ein Hochzeitsbuch, in das sich alle Gäste eintragen konnten und dabei einige Fragen beantworten mussten. Das Buch kam an diesem Tag bei uns nicht vorbei und ich sah es erst und durchblätterte es bei unserem nächsten Besuch in München, der schon sehr bald erfolgen sollte.

Kapitel 8

Neun Tage nach der Hochzeit rief uns André ganz aufgeregt abends an. Pina hatte an diesem Montag einen Vorsorgetermin für Verena wahrgenommen. Der Kinderarzt hatte im Bauch des kleinen Mädchens eine faustgroße Geschwulst gefühlt und Mutter und Kind sofort ins Krankenhaus geschickt. Hier sprachen die Ärzte ohne eingehende Untersuchungen bereits von einem bösartigen Tumor. Nun sollten wir bitte sofort kommen und voraussichtlich einige Tage bleiben, um Tinka und ihn zu versorgen. Diese schlimme Nachricht schockierte uns sehr und natürlich sagten wir sofort zu.

In aller Eile sammelten wir einige notwendige Sachen zusammen und machten uns auf den Weg. Es war dunkel und es regnete in Strömen, so dass die Fahrt ziemlich anstrengend war. Unterwegs fiel Hans ein, dass er einige Arzttermine absagen musste und das machte er dann am nächsten Tag von München aus. Uns tat die kleine Verena unendlich leid und wir fragten uns, was wohl werden würde, wenn die Ärzte Recht haben mit ihrer Prognose. Jeder kennt ja die Bilder von krebskranken Kindern und was diese durchmachen müssen. Und wie geht dann die Familie damit um? Als wir gegen 21 Uhr ankamen, war Tinka bereits im Bett und André fuhr noch einmal ins Krankenhaus.

Am nächsten Morgen brachte André Tinka in den Kindergarten und fuhr noch einmal zum Krankenhaus und dann weiter zur Arbeit. Wir hatten viel Zeit, bis wir die Kleine am späteren Mittag nach dem gemeinsamen Essen wieder abholten. Sie strahlte, als sie uns sah.

Ich ging in der Wohnung auf und ab, um die ich mich ja in den nächsten Tagen kümmern musste. Es war noch frisch gewaschene Wäsche zu ordnen, die auf einem Reck im Bad hing.

Im Wohnzimmer lagen einige Dinge von der Hochzeit herum, wie eine Liste mit notierten Geldbeträgen, die das Paar von den eingeladenen Gästen erhalten hatte. Ich sah, dass Andrés

Schwiegereltern den gleichen vierstelligen Betrag wie wir geschenkt hatten. Die Summe der Geldgeschenke zeigte, dass damit eine großzügige Hochzeitsreise finanziert werden konnte. Ich fragte mich besorgt, ob das junge Paar diese überhaupt wie geplant im Dezember machen konnte.

Das Hochzeitsbuch lag ebenfalls noch griffbereit da und ich blätterte darin, um zu sehen, was die vielen Gäste hinein geschrieben hatten. Man musste sich zu verschiedenen Fragen äußern und die meisten hatten etwas Lustiges aufgeschrieben. Bei den einzelnen Fragen überlegte ich, wie wir diese wohl beantworten könnten, aber das Buch schien schon voll zu sein. Am Ende des Buches gab es aber doch noch zwei oder drei freie Seiten und nun bekamen wir bald ganz witzige Ideen. Es war klar, dass wir nur positive Antworten geben würden! Leider kann ich mich nur noch an diese eine Frage erinnern:

„Mit welchem berühmten Paar würdet Ihr das Brautpaar vergleichen?"

Wir wollten nicht das Gleiche ins Buch schreiben, was sich vielleicht schon andere überlegt hatten und blätterten noch einmal darin herum. Nein, das Paar, das uns einfiel, hatte kein anderer gewählt:

Wir schrieben Leonardo DiCaprio und Kate Winslet, die Hauptdarsteller in „Titanic". Dieser Film hatte André so begeistert, dass er uns empfahl, diesen unbedingt anzusehen.

Unser Eintrag in das Hochzeitsbuch sollte eine Überraschung sein und so sagten wir André nichts davon. Es gab auch einen Platzhalter für ein Gästefoto. Das wollte ich beim nächsten Besuch dann heimlich noch einkleben.

Pina kam mit Verena schon am Donnerstagvormittag aus dem Krankenhaus zurück, früher als ursprünglich erwartet. Man hatte alle notwendigen Untersuchungen gemacht und nun wurden die Ergebnisse abgewartet. Das dauerte ein paar Tage, die Mutter und Kind nun zu Hause verbringen konnten. Es war aber jetzt schon klar, dass Verena operiert und die Geschwulst entfernt werden musste.

Pina bedankte sich etwas unterkühlt für unsere Hilfe. Da sie jetzt allein sein und sich von den Tagen im Krankenhaus erholen wollte, war es ihr sehr recht, dass wir schon vor Mittag wieder nach Hause fuhren.

Wir sollten dann am Sonntagabend wiederkommen, weil Pina mit Verena am Montagmorgen wieder ins Krankenhaus musste. Später überlegten wir, dass es doch schöner wäre, schon am Sonntagnachmittag in München zu sein, dann könnten wir doch noch einige Zeit mit den Kindern spielen.

Am Freitag rief ich André während der Arbeitszeit an und fragte ihn, ob das so möglich sei und er sagte spontan zu. Ich wollte auch einen Kuchen mitbringen und fragte nach, ob Pina ‚Donauwellen‘ mag, dafür waren die Zutaten vorrätig. André bejahte es. Ich vergaß auch nicht unser Foto für das Hochzeitsbuch, das konnte dann am Montag heimlich eingeklebt werden.

Als wir am frühen Sonntagnachmittag ankamen, war das Wetter schon herbstlich frisch. Tinka war alleine im Garten und sammelte ihre Spielsachen ein. Ich half ihr dabei und wir blieben noch einige Zeit draußen. Tinka führte uns immer gerne vor, wie sie auf ihrem Trampolin herumspringen konnte und das tat sie auch jetzt. Wir sahen ihr gespannt zu.

Später saßen wir gemeinsam am Kaffeetisch. Pina kratzte leider die Schokolade von ihrem Stück ‚Donauwelle‘ ab, aber die anderen aßen alles auf.

An diesem Nachmittag beschäftigte sich Pina vorwiegend mit ihrem Handy und nahm von uns fast gar keine Notiz. Sie zeigte nur ihrem Schwiegervater auf ihrem Tablet die schon verfügbaren Hochzeitsbilder, als ich mit Tinka noch im Garten war.

Ich fragte mich später, ob Pina wohl Spiele auf ihrem Handy machte. Als ich etwas entfernt von ihr auf der Couch saß, konnte ich aber Textzeilen erkennen, also korrespondierte sie mit anderen. Das ging praktisch die ganze Zeit so, bis die Kinder ins Bett gebracht wurden, und danach auch weiter. Einmal zeigte sie

André, was da jemand geschrieben hatte, und beide lachten darüber. Das musste wohl etwas Geheimes sein, das uns nichts anging, denn uns wurde diese Nachricht nicht gezeigt.

Es war schon nach Zwanzig Uhr und ich wurde allmählich ein wenig hungrig. Ich wartete eigentlich darauf, dass Pina oder André sich darum kümmerten, den Tisch zu decken, aber nichts geschah. Da fragte ich nach, wie es denn mit dem Abendessen ist und André zählte auf, was im Kühlschrank war. Meine Frage, ob ich jetzt wohl den Haushalt übernehmen müsste, war wahrscheinlich sehr ungeschickt.

André besann sich, stand auf und stellte einiges auf den Esstisch. Wir setzten uns hin, er setzte sich dazu und wir aßen schweigend etwas, während Pina auf der Couch sitzen blieb und sich weiterhin mit dem Handy beschäftigte.

Mir wurde es jetzt irgendwie unangenehm und mir kamen die Tränen. Ich verließ das Zimmer, damit niemand das sah, und ging hinunter ins Gästezimmer. Da ich etwas länger wegblieb, kam Hans mir nach und fragte, was los sei. Ich sagte, dass ich diese Situation da oben unerträglich finde, man redet nicht miteinander und wir werden von Pina nur ignoriert. Wir entschieden, noch einen Spaziergang zu machen, der dann ziemlich lange dauerte. André gab uns den Hausschlüssel mit.

Wenn die junge Familie bei uns über Nacht blieb oder wir in München, ging Pina regelmäßig sehr früh ins Bett.

„Sie braucht viel Schlaf", hieß es.

Wir hatten die Hoffnung, dass sie schon im Bett wäre, wenn wir wieder zurück kamen, es war ja schon sehr spät. Aber als wir ins Wohnzimmer gingen, kuschelte sich Pina wie ein kleines Kind an André, ihren Beschützer, als würde sie jetzt auf ein schlimmes Donnerwetter von uns warten. Das war aber gar nicht unsere Absicht. In ruhigem Ton sagte Hans, dass es schade ist, dass wir uns gar nicht miteinander unterhalten. Pina entgegnete kalt:

„Mit euch kann ich über das Problem mit Verena nicht reden und will es auch nicht!"

Hans, der sich doch auch große Sorgen um seine Enkelin machte, hatte das Gefühl, in dieser traurigen Situation ausgegrenzt zu sein, und mir ging es nicht anders.

Pina verließ das Zimmer und es schien, als ob sie sich zum Schlafengehen fertig machte. Ich weiß nicht mehr, worüber wir noch mit André redeten, aber dann fragte ich ihn, ob er inzwischen seinen Schwiegereltern nähersteht als uns. Ehe er antworten konnte, platzte Pina ins Zimmer und rief:
„Ihr wollt André jetzt wohl fertig machen, und das in meinem Haus!"
War das nicht auch Andrés Haus?
Pina tobte herum, sagte uns kränkende Dinge und stapfte aufgebracht hin und her. Ich werde nicht vergessen, wie der Fußboden dabei vibrierte.
Nein, wir hatten unseren Sohn noch nie „fertig gemacht" und beabsichtigten das auch jetzt nicht. Am meisten traf uns, als Pina sagte, dass wir Verena nicht so gerne hätten wie Tinka.
Wir sagten nichts mehr. Ich fing an zu weinen. Mir war die Situation so unangenehm, dass es für mich unvorstellbar war, hier die Nacht zu verbringen. Ich fragte nach, ob Tinka morgen versorgt wäre, dann würde ich jetzt gerne nach Hause fahren. Ja, Pinas Eltern kamen morgen Vormittag schon zurück von ihrem Urlaub auf Mallorca, zwei Tage früher als geplant. Die sollten sich dann sowieso nach ihrer Rückkehr weiter um die Familie kümmern.
Wir sammelten unsere Sachen ein – wir waren gar nicht dazu gekommen, unser Foto in das Hochzeitsbuch einzukleben - und verließen das Haus, vielleicht riefen wir noch:
„Auf Wiedersehen".
André kam herbei, um uns zu verabschieden. Ich schmiegte mich schluchzend an ihn und merkte, dass er sehr angerührt und irritiert war. Zum Abschluss sagte er:
„Ich mache die Türe nicht hinter euch zu!"

Wahrscheinlich hatten wir alle in dieser schlimmen Situation mit der bevorstehenden Operation der kleinen Verena überzogen reagiert, jeder auf seine eigene Weise. Aber ich fragte mich, warum Pina auf meine Frage an André, ob er seinen Schwiegereltern jetzt näher steht als uns, so heftig reagiert hatte. Was war an dieser Frage verwerflich? War mir da vielleicht etwas aufgefallen, was Pina unangenehm war und bei weiterem Nachfragen für sie zum Problem werden könnte?

André rief uns zwei Tage später an, dass Verena erfolgreich operiert worden sei und es keine Komplikationen gab. Das erleichterte uns schon mal. Auf das endgültige Ergebnis mussten wir alle aber noch einige Tage warten. Erst zwei Wochen später erfuhren wir, dass der Tumor gutartig war, welche Erlösung! Wahrscheinlich hatte sich die große Geschwulst schon während der Schwangerschaft entwickelt. Warum nur hatten die Ärzte so unsensibel solch ein schweres Geschütz aufgefahren und die Familie unnötig verunsichert?

Kapitel 9

Wir waren jetzt der Meinung, dass wir uns mit den jungen Eltern nun endlich aussprechen mussten und baten um ein Treffen. André kam alleine an Totensonntag zu uns. Wir hatten ursprünglich einen früheren Termin vereinbart, aber an dem Tag war er zum Arzt gegangen, der bei ihm einen zu hohen Blutdruck feststellte.

Was André uns nun sagte und wie er sich verhielt, war für uns nur niederschmetternd!

Laut seiner Aussage erkannte Pina sehr wohl, dass ihr Verhalten an diesem verhängnisvollen Sonntagabend eine Überreaktion war. Statt aber nun mit uns darüber zu sprechen, wollte sie vorläufig mal nichts mehr mit uns zu tun haben. Und es würde ihr schwerfallen, wieder Zutrauen zu uns zu fassen. Mit anderen Worten: sie entzog uns ihr Vertrauen. Verkehrte Welt, denn nicht wir hatten sie verletzt und gekränkt, sondern sie uns!

Weiter sagte André, dass Pina sich von unseren Geschenken und unserer höflichen Art überfordert fühlt und sie das alles für unehrlich und aufgesetzt hält. Wir sind stets höflich und freundlich zu jedermann und mussten uns da auch nicht bei Pina anstrengen! Und selbstverständlich machten wir allen Lieben und auch Pina gerne Geschenke! Wir fragten bei André immer nach, was Pina sich zu Weihnachten oder zum Geburtstag wünscht. Zu ihrem letzten wünschte sie sich zum Beispiel einen Strandkorb für den Garten, wozu wir Geld geschenkt hatten. Und wie waren wir durch die Geschäfte gelaufen, um eine Geburtstagskarte mit dem passenden Motiv zu finden! Aber leider hatte Pina inzwischen kurzfristig ihren Wunsch geändert, da passte die Karte dann nicht mehr dazu. Das Geld aber nahm sie gerne!

Früher war es immer üblich gewesen, dass wir im Kreise der Familie unsere Geburtstage feierten. Leider wurden wir bisher kein einziges Mal zu Pinas Geburtstag Anfang Juli eingeladen. Mir war aufgefallen, dass sie jedes Mal die gleiche Entschuldigung dafür hatte:

„Leider ist es mir zum Feiern viel zu heiß!"

Pinas stundenlange Beschäftigung mit ihrem Handy wurde so interpretiert, dass sie wegen der Situation mit Verena die ganze Zeit in sich gekehrt war und sich deshalb mit uns nicht unterhalten konnte. Ich hatte es aber doch ganz anders mitbekommen und fand das einfach eine Lüge.

André empfahl uns, in der nächsten Zeit die Sache einfach mal ruhen zu lassen. Alles, was wir nun sagten und deutlich machten, wurde von ihm anders verstanden, als es gemeint war, bis ich zuletzt sagte:

„Egal was wir tun oder nicht tun, was wir sagen oder nicht sagen, alles ist falsch!"

André wollte uns nun ab und zu alleine mit den Kindern besuchen. Er sagte, dass wir weiterhin sehr wichtig für ihn sind und er den Kontakt mit uns keinesfalls abreißen lassen will, er fühle sich aber mit dieser verfahrenen Situation völlig überfordert. Zum Schluss sagte er, dass er sich jetzt ganz aus der Sache heraushalten wollte und nicht mehr darauf angesprochen werden möchte.

Unser Abschied war dann sehr tränenreich. Während wir uns weinend in den Armen lagen, rief Pina auf Andrés Handy an. Ich konnte hören, wie fröhlich sie am anderen Ende der Leitung war!

Nun kam die weihnachtliche Zeit und natürlich wollte bei uns keine entsprechende Stimmung aufkommen. Besuche von Weihnachtsmärkten und die Advents- und Weihnachtslieder überall waren kaum erträglich. André hatte aber versprochen, uns Weihnachten zu besuchen und so kauften wir für ihn und die Kinder Geschenke.

Hans verspürte das Bedürfnis, an Pinas Eltern zu schreiben und sie darum zu bitten, uns zu erklären, was ihre Tochter wohl damit meinte, was André uns alles gesagt hatte. Anfang Dezember schrieben wir ihnen eine Mail und nannten die uns unverständlichen Vorwürfe von Pina.

Ihre Antwort war dann absolut nicht entgegenkommend. Ohne auf unsere Fragen einzugehen wurden wir von Herta und Horst zu den Schuldigen gemacht, obwohl sie an dem unseligen Sonntag doch gar nicht dabei waren! Offensichtlich wurde ihnen etwas ganz anderes erzählt als das, was wir an diesem Tag erlebt hatten. Unter anderem schrieben sie:

„Irgendwie sitzt der Stachel bei allen Beteiligten doch sehr tief..."

Woraus wurde denn ein „Stachel" unsererseits ersichtlich, wenn wir doch immer gerne mit der Familie in Harmonie zusammen waren? Was wurde nur über uns erzählt?

Sie schrieben in dem Sinne weiter, dass ihre Tochter derart belastet mit der Erkrankung von Verena war, da musste man ihr ungezogenes Verhalten doch verstehen! Es wurde deutlich, dass Pina außergewöhnlichen Situationen nicht gewachsen ist und schnell unbeherrscht wird. Es gab kein Wort dazu, dass der junge Vater genauso belastet war, der uns deswegen aber nicht abkanzelte!

Herta und Horst unterstellten uns glatt, dass durch unser Verhalten „die junge Ehe unnötig gefährdet wird." Der Antwort war vor allem zu entnehmen, dass sie sich, angeblich auf Wunsch von André, in nichts einmischen. Wäre es für den Frieden in der Familie nicht viel sinnvoller gewesen, beschwichtigend auf ihre Tochter einzuwirken?

Zwischen den Zeilen glaubte ich auch zu lesen, dass Herta und Horst froh sind, dass ihre schwierige Tochter nun gut versorgt ist durch unseren Sohn, diesem „Kerl", und das muss auf jeden Fall so bleiben! Bis zum heutigen Tage ist es aber gar nicht unsere Absicht, dass sich das Paar trennt und wir haben an keiner Stelle je so etwas gesagt! In der Schule hätte unter einem derartigen Schreiben gestanden:

‚Thema verfehlt'!

Wir wehrten uns mit einem weiteren Schreiben. Die Antwort darauf milderte zwar etwas die Beschuldigung ab, aber mit der Äußerung:

„Besonders problematisch ist in vielen Fällen das Verhältnis zwischen Schwiegermutter und Schwiegertochter, was man ja auch im Internet nachlesen kann",
wurde ja insbesondere mir die Schuld immer noch angelastet.

Den Zeilen ist also eindeutig zu entnehmen, dass Pina bereits im Elternhaus das Vorurteil über Schwiegermütter eingeimpft wurde. Herta ist allerdings auch Schwiegermutter, die das große Glück hat, zwei gutmütige und wohlerzogene Schwiegersöhne zu haben. Diese wurden jedoch von den Schwiegermüttern ihrer Töchter großgezogen!

Pina und ihre Eltern haben allerdings gar kein Problem damit, die Vorteile, die sie durch diese anständigen Männer haben, für sich zu nutzen! Kein gutes Gefühl für mich!

An dieser Stelle möchte ich noch einmal erwähnen, dass nicht ich als Schwiegermutter gesagt hatte, dass es mit der Schwiegertochter nicht geht, sondern es war genau anders herum! Bis heute habe ich nicht begriffen, warum auch der Schwiegervater Hans außen vor und hier gleich mit einbezogen war.

Wir wissen, dass wir überall als friedliebende und liberale Menschen bekannt sind und sahen jetzt ein, dass mit Herta und Horst nicht weiter diskutiert werden konnte. Egal wie sich ihre Tochter verhält, sie werden uneingeschränkt immer zu ihr halten! Statt zu vermitteln spalten sie aber mit ihrem Verhalten eher die beiden Familien.

Und wir scheinen Konkurrenten für Herta und Horst im Hinblick auf unsere beiden Enkelkinder zu sein. Ich hatte immer die Vorstellung gehabt, es kommen zwei Familien zusammen, die für ihren Nachwuchs an einem Strang ziehen.

Wie unrealistisch in unserem Fall!

In diesen Tagen nervte mich ein Werbespot im Radio, in dem die Schwiegermütter verunglimpft wurden, wobei ich nicht mehr weiß, um welches Produkt es sich dabei handelte. Der Spot wurde mehrmals täglich eingeblendet, bis es mir zu viel wurde. Ich schrieb an den Sender, wie unmöglich doch diese Werbung ist, die mich augenblicklich besonders anrührt und vielleicht auch andere Schwiegermütter in ähnlicher Lage, die schon einer Diskriminierung gleichkommt. Anscheinend hatte mein Schreiben etwas bewirkt, jedenfalls fallen mir solche Werbespots im Radio nicht mehr auf.

Die Hetze gegen Schwiegermütter ist auch gar nicht mehr zeitgemäß. Die Schwiegermütter, die von den Frauen ihrer Söhne erwarteten, dass sie ihren Ehemann so verwöhnen und behandeln, wie er es von zu Hause gewöhnt war, sind doch längst ausgestorben. Nachdem in den siebziger Jahren des vergangenen Jahrhunderts gesetzlich geregelt wurde, dass die Frauen ihre Ehemänner nicht mehr um Erlaubnis zum Arbeiten bitten mussten und diese nicht mehr den Arbeitsvertrag ihrer Ehefrauen unterschrieben, gingen viele Mütter meiner Generation, so wie ich selbst auch, einer geregelten Arbeit nach. Da war dann nicht mehr viel Zeit, sich um die Kinder wie eine Glucke zu kümmern.

Mein Sohn wurde zur Selbständigkeit erzogen und hatte dafür das Vorbild seines Vaters. Hans half von Anfang unserer Ehe im Haushalt mit. Dadurch hatten wir ja viel mehr gemeinsame freie Zeit miteinander!

Anscheinend hat sich aber inzwischen in vielen Fällen die Situation umgekehrt und die Schwiegermütter müssen unter ihren Schwiegertöchtern leiden. Zumindest lassen die Organisationen der Großelterninitiativen, die im Internet zu finden sind, darauf schließen.

Dagegen fand ich nur eine veraltete Internetseite einer privaten Selbsthilfegruppe für Schwiegertöchter, deren Betreiberin auch von Frauen kontaktiert wurde, die in Ländern leben, wo die Familiensituation immer noch archaisch ist. Auf einer anderen privaten Internetseite, die sich an Frauen ab 50 Jahren wendet, berichten Schwiegertöchter von ihrem guten Verhältnis zu ihren Schwiegermüttern.

Kapitel 10

Wir erlebten unser traurigstes Weihnachtsfest seit dem Tod meiner geliebten Patentante an Heiligabend vor vielen Jahren. Wir fühlten uns wie im falschen Film. Während in München die junge Familie zusammen mit Pinas Eltern und der Familie ihrer Schwester gemütlich am Weihnachtsbaum feierten, versuchten wir den Heiligen Abend zu überstehen mit einer langen Wanderung durch das trübe Wetter. Es fühlte sich wie Watte an. Es war surreal, mutterseelenallein durch die menschenleere Gegend zu laufen, während man sich überall in den Häusern auf die Feiertage vorbereitete und die Wohnzimmer festlich schmückte.

Wir hatten André darum gebeten, uns am zweiten Feiertag zu besuchen, aber er weigerte sich. Er kam erst am 28. Dezember zu uns. Er wollte mit den beiden Kindern kommen, aber wir meinten, dass die gerade einjährige Verena doch gar nichts davon hat und die Hin- und Rückfahrt für sie nur anstrengend ist. Also kam er nur mit Tinka und übernachtete auch bei uns.

Für Tinka hatten wir neben anderen Geschenken Rollschuhe gekauft. Die wollte sie jetzt unbedingt ausprobieren. Da draußen etwas Schnee lag, gingen wir mit ihr in unsere riesige Tiefgarage. Wir nahmen sie rechts und links bei der Hand und sie rollte mit großem Vergnügen über den glatten Asphalt. Schon bald reichte es, sie nur an einer Hand festzuhalten.

Als Tinka nach dem gemeinsamen Abendessen im Bett lag, setzten wir uns mit André auf ein Glas Wein zusammen und es war klar, dass wieder das leidliche Thema des vorliegenden Konfliktes angesprochen wurde. Worüber sonst hätten wir reden sollen?

In den vielen Wochen hatten sich bei mir einige Fragen angesammelt, die ich André jetzt stellen wollte. Um keine zu vergessen hatte ich sie aufgeschrieben. Dazu kam ich aber nicht, weil noch einiges anderes auf das Tapet kam.

Unter anderem sagten wir, dass wir uns schon seit längerem ausgegrenzt fühlen, nicht erst jetzt. Das empörte André sehr.

Er fragte dann, ob das geschenkte Reitwochenende wohl ein Trick gewesen sei, damit wir uns um Tinka kümmern konnten, seine Frau hätte diesen Verdacht. Dass wir den Beiden eine Freude damit machen wollten, hatte wohl gar keinen Wert! Ich gab unseren Hintergedanken zu und auch das entrüstete ihn. Ich fand diesen Gedanken von Pina doch ziemlich raffiniert und umgekehrt konnte man dann sagen, dass wir ohne diesen „Trick" gar nicht zum Zuge gekommen wären.

Als André zusagte, dass wir an diesem verhängnisvollen Sonntag schon nachmittags kommen konnten, wusste er wohl noch nicht, dass seine Schwiegereltern vorzeitig von Mallorca zurückkamen. Hatte er Ärger deswegen bekommen, weil wir eigentlich nicht mehr gebraucht wurden? Die Antwort blieb er uns schuldig.

Ich erwähnte, dass sich Pina bisher noch nicht für unser Hochzeitsgeschenk bedankt hatte. Wie zu ihrer Entschuldigung fragte er, ob er sich denn bedankt hätte. Wir meinen ja, denn zu dieser Zeit zeigte er noch seine gute Erziehung.

Ich fragte, ob seine Frau eigentlich glücklich in München ist, André verneinte es. Sie würde lieber wieder in die Kölner Gegend zurückziehen. Leider vergaß ich zu fragen, ob er sich denn noch wohlfühlte in München.

Die Worte gingen hin und her, wir kamen wieder zu keinem Ergebnis. Ich ging an den Barschrank und bot allen einen Schnaps an, aber André verneinte. Dann sagte ich:

„Über diesen unsinnigen Konflikt kann ja man glatt zum Alkoholiker werden."

Ich schüttete mir noch ein zweites Gläschen ein, vielleicht auch ein drittes. Zu fortgeschrittener Zeit gingen wir ohne eine zufriedenstellende Lösung ins Bett.

Am nächsten Morgen gingen wir nach dem Frühstück mit Tinka wieder in die Tiefgarage und das Rollschuhlaufen machte ihr unendlichen Spaß. Wir zogen sie so schnell es ging über den glatten Boden und bald konnte sie schon über einige kleine Vertiefungen im Boden springen.

Hans fragte sie, wo es ihr besser gefallen würde, bei uns oder bei den anderen Großeltern. Spontan sagte sie:

„Bei Euch!"

„Und warum?" fragte der Opa.

Sie überlegte nur kurz und sagte dann:

„Bei Euch ist es viel schöner!"

Das Rollschuhlaufen ermüdete Tinka allmählich und sie musste auch mal auf die Toilette. Also gingen wir in unsere Wohnung zurück, wo sich André die ganze Zeit aufgehalten hatte. Er wollte jetzt nach Hause fahren und hatte schon alles zusammen gepackt.

Auf dem Weg zum Auto erzählte André seinem Vater, dass er durch die Wohnung geschlendert sei. Normalerweise würde er ja die Unterlagen anderer Leute nicht durchstöbern, aber auf dem Schreibtisch sah er einen Zettel, auf dem stand „Fragen an André". Den habe er sich, weil es ja um ihn ging, näher angesehen und er fand die Fragen darauf äußerst merkwürdig. Warum nur zog er es jetzt vor, direkt nach Hause zu fahren, statt sich die Zeit zu nehmen und mit uns über diese Fragen zu sprechen?

Zwei Stunden später meldete er sich, dass er gut zu Hause angekommen sei.

In der Folge gingen einige Schreiben zwischen André und uns hin und her, in denen er auch immer wiederholte, dass er uns nicht verlieren möchte.

Da Pina weiterhin nicht zu einem Gespräch mit uns bereit war, wurde uns jetzt vorgeschlagen, ein moderiertes Gespräch miteinander zu führen, wovon die Beiden sich versprachen, wieder einen respektvollen Umgang unter allen zu erreichen. Angeblich war diese Moderation vor allem Pina sehr wichtig, was ich aber merkwürdig fand. Wenn man zu einem Gespräch miteinander bereit ist, braucht man doch eigentlich keine Mediatoren. Aber wir sagten zu.

Leider kam dieses moderierte Gespräch erst Anfang Mai zustande und Pina bedauerte angeblich, dass wir so lange darauf warten mussten.

Kurz nach Tinkas Geburtstag, sie wurde jetzt vier Jahre alt, fuhren wir nach Spitzingsee, wo sie einen Skikurs machte. Zu Weihnachten hatten wir ihr neben den Rollschuhen auch ein Paar Skistöcke geschenkt. Es interessierte uns doch, was Tinka da lernte. Zu ihrem Geburtstag wurden wir ja nicht eingeladen und so hatten wir ein Geschenk für sie mit dabei.

Leider musste der Skikurs ohne Zuschauer stattfinden, weil die Kinder nicht abgelenkt werden sollten. Erst am Ende konnten die Angehörigen sehen, was die kleinen Ski-Hasen an diesem Tag gelernt hatten.

Wir vertrieben uns die Zeit und wanderten zusammen mit André durch die verschneite Landschaft. Zu Mittag kehrten wir irgendwo ein, aber leider kam der junge Vater nicht auf die Idee, uns zu Tinkas Geburtstag etwas zu spendieren.

Wir trafen das Kind zum ersten Mal in der Tee-Pause und es strahlte, als es uns sah. Ganz unvermittelt und etwas aufgeregt, als würde sie sich jetzt schon freuen, sagte Tinka zu uns:

„Ich komme an Fasching zu euch. Ich bin im Kindergarten schon abgemeldet."

Konnten wir das wirklich glauben?

Natürlich nicht, sie fuhr zu den anderen Großeltern!

Erst als die Skigruppe mit den Eltern den Bus nach Hause bestieg, konnten wir Tinka unser eingepacktes Geschenk überreichen. Sie war wohl sehr müde, fragte aber noch, ob wir mit zu ihnen nach Hause fahren würden, das schien ihr doch sehr wichtig zu sein. Aber natürlich fuhren wir in die andere Richtung!

Leider erfuhren wir nicht, ob Tinka sich über unser Geschenk freute und der Vater hielt sie nicht dazu an, sich dafür zu bedanken.

Anfang dieses Jahres gingen einige Mails hin und her. In einem Schreiben machte uns André Vorwürfe zu einigen Dingen, die sehr weit zurück und vor seiner Beziehung mit Pina lagen und nicht so wichtig waren, wie er sie jetzt darstellte. Leider stellte er auch manches nicht ganz richtig dar und wir korrigierten das im Antwortschreiben.

Er machte auch wieder deutlich, dass er uns als Eltern nicht verlieren möchte. Er schrieb:

„Auch Pina möchte, dass ich mit euch ein gutes Verhältnis habe und sie gibt mir den Freiraum dafür."

Erkennt man daraus nicht eine Gängelung?

Leider hatten wir aber mit den schriftlichen Kontakten jetzt das Gefühl, dass wir uns inzwischen nur noch im Kreis drehten.

Im April besuchte uns André mit den Kindern, um endlich unsere Geburtstage mit uns nachzufeiern. Nach dem Fiasko an Weihnachten war er nicht mehr bereit, länger als einen Tag zu uns zu kommen und so waren es zukünftig immer nur wenige Stunden, die wir mit ihm und den Kindern zusammen verbringen konnten. Das Wetter war gut und wir machten einen langen Spaziergang. Tinka kam auf ihren Rollschuhen mit, vorwiegend an unseren Händen.

Kapitel 11

Vor dem vorgesehenen moderierten Gespräch hatten wir den Mediatorinnen mit einer Mail unsere Situation geschildert. Inzwischen hatten wir einigen Personen davon erzählt und sie alle drückten uns die Daumen, dass das Ergebnis dieses Gesprächs in unserem Sinne ausfällt. Mir war vor allem wichtig, dass herausgearbeitet wurde, dass Pina über den Ablauf des verhängnisvollen Sonntags nicht die ganze Wahrheit gesagt hatte.

Leider kamen wir zu dem moderierten Gespräch am Vormittag etwas zu spät, weil wir uns verfahren hatten. Als wir ankamen, hatten André und Pina schon Platz genommen und wir reichten ihnen zur Begrüßung die Hand.

Ich wollte meine unendliche Trauer über unsere missliche Situation zeigen und hatte mich von Kopf bis Fuß in Schwarz gekleidet, selbst meine Halskette war schwarz. Wir setzten uns den Beiden gegenüber hin. Es stand etwas zu trinken bereit und mit zitternder Hand führte ich mein Glas zum Mund, so aufgewühlt war ich. Aber meine Kleidung und das Zittern schienen die Beiden überhaupt nicht zu berühren. Sie verzogen keine Miene.

Da ich noch nie ein moderiertes Gespräch erlebt hatte, stellte ich mir vor, dass wir vier Personen miteinander reden und, wenn der eine oder andere zu laut oder ausfällig würde, die beiden Mediatorinnen die Gesprächspartner zur Ordnung rufen würden. Aber es waren die Mediatorinnen, die das Gespräch führten, was jedoch gar kein richtiges Gespräch war. Wir vier wurden einzeln abgefragt über dieses und jenes und mussten dann das Gesagte wiederholen, um so zu zeigen, dass verstanden wurde, was das Gegenüber sagen wollte.

Ich meine, dass ich bei diesem Treffen auch sagte, dass wir unseren Sohn nicht mehr wiedererkennen.

Dennoch war das Ergebnis in unserem Sinne und Pinas Unwahrheit stand im Raum, war gut heraus gearbeitet worden. Zum Schluss sagte eine der Mediatorinnen:

„Vereinbaren Sie doch einfach mal ein Treffen an einem Sonntag!"

Als das Gespräch beendet war, stürmten André und Pina nach draußen und wir konnten gar nicht so schnell folgen. Fast im Laufschritt strebten sie ihrem am Straßenrand geparkten Auto zu. Auch wir mussten in diese Richtung, wo unser Auto noch etwas weiter entfernt stand.

Die Beiden blieben dann aber an ihrem Wagen stehen und warteten auf uns, um sich zu verabschieden. Pina sagte:

„Ihr könnt es mir glauben, ich wollte euch nicht ausgrenzen und nicht verletzen."

Ihr Schwiegervater antwortete:

„Es ist schade, dass wir so lange auf ein Gespräch warten mussten!"

Pina fuhr fort:

„Ich brauche aber noch Zeit, um wieder zum Kontakt fähig zu sein, das kann vielleicht zwei Monate dauern oder zwei Jahre oder auch fünf Jahre."

Ich blickte in ihre eisblauen Augen und sagte verwundert:

„Sowas ist mir mit meinen fast siebzig Jahren noch nicht passiert!"

„Und ich werde fünfunddreißig", reagierte Pina schnippisch.

Dann stiegen die Beiden in ihr Auto und fuhren davon. Ich glaubte, dass unser Sohn jetzt zur Arbeit fahren musste und sie es deswegen so eilig hatten.

Was hatte Pina nur damit gemeint, dass sie zwei Monate, zwei Jahre oder auch fünf Jahre braucht, um wieder zum Gespräch mit uns fähig sein zu können? Waren wir jetzt ganz von ihrer Laune und ihrem Goodwill abhängig?

Wir und auch die Leute, die von diesem moderierten Gespräch wussten, waren der Meinung, dass es doch wichtig gewesen wäre, sich anschließend noch zusammenzusetzen und über das Gespräch zu reflektieren. Vor allem wäre es eine gute Gelegenheit gewesen, das Kriegsbeil endlich zu vergraben. Deshalb baten wir André um ein Treffen bei uns. Das fand dann leider erst einen Monat später statt und er kam alleine.

Jetzt erst erfuhren wir, dass André nach dem moderierten Gespräch gar nicht arbeiten musste, er hatte sich für den Nachmittag frei genommen. Es wäre also Zeit genug gewesen, um sich noch mit uns zusammenzusetzen!

André sagte, dass sich Pina jetzt durch die Äußerung ihres Schwiegervaters wieder sehr verletzt fühle und weiterhin nicht gesprächsbereit ist. Hörten wir recht? Das war doch keine verletzende Aussage, zeigte im Gegenteil doch eher, wie wichtig uns der Kontakt mit Pina war! Ich hätte es eher verstanden, wenn sie meine Äußerung krumm genommen hätte.

Außerdem fanden die Beiden, dass wir mit unserem Verhalten unseren „Sieg" zu sehr gezeigt hätten. Wie das denn, wenn sie vor uns so schnell davon liefen? Offensichtlich wurde doch das Haar in der Suppe gesucht, um einfach nur abzutauchen!

Bisher wurde kein einziges Mal nach unseren Gefühlen und unserem Befinden gefragt!

Das halbe Jahr war bereits vorbei und wir hatten Tinka und Verena gerade einmal im April gesehen. Uns wurde immer mehr bewusst, wie selten wir mit den Beiden zusammen kamen und sich das in der Zukunft wohl auch nicht bessern wird. Wir sprachen bei dem jungen Vater an, dass wir mit den Kindern doch per Skype Kontakt haben könnten, er ignorierte es einfach.

Wir hatten uns inzwischen im Internet umgesehen, welche Rechte wir eigentlich haben bezüglich des Kontaktes mit unseren Enkelinnen, die ja auch gleichzeitig ihre Rechte sind, wenn sie gerne mit ihren Großeltern zusammen sind. Wir fanden die Internetseite einer Großelterninitiative, die 2002 gegründet wurde. Hier werden Ratschläge gegeben, wie man vorgehen soll, wenn es den Großeltern so geht wie uns. Wir sind also nicht alleine mit unserem Problem! Hier schildern auch viele Omas und Opas, was sie erleben müssen, wobei es aber fast immer um die Kontaktverhinderung geht, wenn sich die Eltern der Enkel getrennt haben.

Irgendwo las ich, dass Fälle wie unserer, wo die Eltern noch zusammen sind und die Kontakte zwischen Großeltern und Enkeln verhindern, eher im Promillebereich liegen.

Zunächst einmal wurde uns bei der Recherche klar, dass ein Treffen zwischen Großeltern und Enkeln wenigstens alle sechs Wochen stattfinden sollte. Als erstes sollte das Gespräch miteinander gesucht werden. Wenn das erfolglos ist, sollte man einen Vermittler einschalten, z.B. das Jugendamt oder eine Familienberatungsstelle. Man kann auch mit Mediatoren eine gemeinsame Lösung finden, die vor allem dem Wohl der Kinder dienen sollte. Das allerletzte Mittel ist der Gang zum Familiengericht. Diesen Schritt gehen zu müssen hätte uns sehr wehgetan!

Ich hoffte immer noch, dass wir mit Pina wieder ins Reine kommen würden. Zu Ihrem Geburtstag Anfang Juli schrieben wir ihr einen freundlichen Brief auf grünem Papier, die Farbe der Hoffnung. Ich malte eine Friedenstaube zu den guten Wünschen und schrieb weiter:

„Wir sollten miteinander reden, weil Versöhnung und Frieden jeden Versuch wert ist."

Auf der zweiten Seite des Schreibens stand:

„Wir möchten Frieden mit Dir!"

Es folgten kluge Sprüche von klugen Köpfen wie Karl Jaspers, Michail Gorbatschow, Mahatma Gandhi und viele andere.

Auf dieses Friedensangebot erfolgte keine Reaktion. Hatte Pina es etwa nicht erhalten wegen des gerade laufenden Poststreiks?

Mitte Juli schrieben wir ihr eine Mail und erwähnten, dass wir ihr doch sozusagen die Hand zum Frieden gereicht haben, damit nun endlich wieder Ruhe in unsere Familie kommt und wir alle unbelastet weiterleben können. Einen Tag später schrieb sie hochnäsig zurück:

„Frieden benötigt für mich Vertrauen und da sehr viel gesprochen wurde und dabei viele Dinge gesagt wurden, die mich sehr verletzt und beleidigt haben, sehe ich zur Zeit keine vertrauende Basis für ein weiteres Gespräch. Grüße Pina"

Die Granitmauer wurde von ihr also nicht eingerissen, sie wurde immer weiter erhöht! Je mehr wir um den Frieden bettelten, umso mehr schlugen wir uns die Köpfe blutig!

Mir platzte jetzt der Kragen und ich schrieb ihr einen gepfefferten Brief zurück, in dem ich ihr unverblümt den Spiegel vorhielt. Wegen ihrer Lüge über den Ablauf des verhängnisvollen Sonntags und ihres Verhaltens in den vergangenen Monaten hatten wir doch längst das Vertrauen in sie verloren und ihr trotzdem die Hand zum Frieden gereicht! Vor allem aber sollte sie als eigener Mensch – so will sie doch immer wahrgenommen werden – ihr Misstrauen mit uns alleine austragen und nicht ihren Mann und ihre Kinder mit hineinziehen.

Mit diesem Schreiben konnte Pina gar nicht umgehen. Es kam eine Mail zurück, natürlich von André und nicht von ihr, mit dem Bedauern über die starke Eskalation und da sie der Situation alleine nicht mehr gewachsen waren, hatten sie sich „erste Hilfen" organisiert.

Wir gratulierten André zum Geburtstag im August mit einem herzlichen Brief, auf den er ein paar Tage später antwortete und mitteilte, dass Pina sich ganz aus der Angelegenheit zurückgezogen hat. Sie ließ ihren Mann also weiterhin alleine die Suppe auslöffeln, die sie eingebrockt hat, was bestimmt nicht angenehm für ihn war!

André schrieb, dass es für ihn aber kein Widerspruch ist, gemeinsam mit den Kindern eine Beziehung zu uns als Eltern und Großeltern beizubehalten. Er hatte auch mehrmals sein großes Mitleid mit uns ausgedrückt, weil wir so traurig über diese friedlose Situation waren.

Die Zeit ging dahin, wir waren genug beschäftigt mit den Aktivitäten der Vereine und einer Reise nach Rumänien. Mitte September trafen wir uns mit André und den Kindern in einem Ort, der ungefähr in der Mitte zwischen München und unserem Heimatort liegt. Hier gibt es ein paar schöne Spielplätze und Tinka konnte mal wieder Rollschuhe fahren, zunächst an unseren Händen und dann auch ein wenig alleine. An den Spielgeräten hatten die beiden Kinder auch ihren Spaß.

Ende Oktober war an einem Wochenende der Termin unseres fünfundvierzigsten Hochzeitstages, die Messinghochzeit. Das fanden wir eine gute Gelegenheit, mit der Familie und noch ein paar anderen Verwandten zusammen zu kommen und zu feiern. Wir wollten in einem Wellness-Hotel Zimmer für alle reservieren und luden bereits Ende Juni herzlich zu dieser Feier ein. Selbstverständlich war auch Pina eingeladen und die jungen Eltern hätten sich gut entspannen können bei dem Wellness-Angebot.

Leider fand André dieses Vorhaben so übertrieben, dass er nicht zusagte. Früher wurde immer alles gefeiert, nichts wurde ausgelassen und auch André war immer mittendrin. Wir sagten, dass niemand wissen kann, ob wir unseren fünfzigsten Hochzeitstag noch feiern können, da sollte man die Feste doch feiern wie sie fallen. Pikanterweise nahm André aber an der großzügigen Feier zum vierzigsten Hochzeitstag seiner Schwiegereltern teil, wir dagegen bekamen nur seinen Korb!

Da nun die junge Familie unsere Einladung nicht annahm, hatten wir unsere Pläne geändert und nur meine Schwester zu unserer Messinghochzeit eingeladen.

André war nur bereit, mit den Kindern am Samstag zu kommen und wir trafen uns wieder in dem Ort auf der Mitte zwischen München und unserem Heimatort. Nach seiner Ankunft übergab er uns auf dem Parkplatz ziemlich steif einen recht kleinen Blumenstrauß zu unserem Jubeltag, den Pina wahrscheinlich besorgt hatte. Dass er sich dafür nicht schämte! Da die beiden Mädchen nicht dazu angehalten wurden, gratulierten sie uns natürlich nicht und hatten auch kein liebes Geschenk für uns. Es hätte ja vielleicht ein selbst gemaltes Bild sein können!

Das Wetter war angenehm und wir gingen wieder in den Park, in dem wir auch beim letzten Treffen waren. Die beiden Kinder vergnügten sich auf den Spielplätzen und wir schauten ihnen dabei zu. Nach dem bescheidenen Mittagessen in einem Gasthaus nahebei hatte Tinka wieder die Möglichkeit zum Rollschuhfahren an unseren Händen. Plötzlich sagte sie zu uns, wie es schade sei, dass wir uns so selten sehen. Ich sagte ihr, dass sie das doch mal ihrem Vater sagen sollte. Sie tat es und der Opa sagte gleich dazu, dass wir ihr das nicht in den Mund gelegt hatten. Es kam keine weitere Reaktion des Vaters. Meine Schwester, die ja an diesem Tag dabei war, fand dieses Treffen doch sehr merkwürdig.

Wir drei gingen abends in ein schönes Restaurant in unserem Heimatort und ließen uns ein gutes Menü schmecken. Aber die Enttäuschung über Andrés Verhalten blieb bestehen.

Kapitel 12

Nun fanden wir es wirklich an der Zeit, uns juristisch beraten zu lassen bezüglich unseres Umgangsrechtes mit unseren Enkelinnen und eventuell aktiv zu werden. André hatte so oft auf seine Ohnmacht hingewiesen, dass er seine sture Frau nicht davon überzeugen konnte, den Konflikt zu beenden, dass wir der Meinung waren, dass auch für ihn eine juristische Unterstützung notwendig, richtig und hilfreich sei.

Eine gute Bekannte empfahl uns eine Rechtsanwältin, die im Familienrecht bewandert ist. Wir suchten sie im November auf und schilderten ihr unsere Situation.

Ehe weitere Schritte erfolgen konnten, sollte zunächst wieder ein Mediationsgespräch stattfinden. Unsere Bekannte bot sich dafür an, weil sie entsprechende Erfahrung hatte. In einer Mail an sie machten wir Angaben darüber, was in dem Gespräch hervorgehoben werden musste, vor allem unser Recht auf den Umgang mit den Enkelinnen.

Zu diesem Gespräch Anfang Dezember kam André alleine. Dieses Treffen war schon eher ein gemeinsames Gespräch als das moderierte Gespräch Anfang Mai, aber leider versäumte die Mediatorin, den wichtigsten Punkt anzusprechen, unser Umgangsrecht mit den Enkelinnen. Nach dem Gespräch luden wir André noch in ein Restaurant ein, aber er lehnte ab und wollte sofort nach Hause. Er musste ja auch noch fast 200 km fahren!

Unsere Rechtsanwältin wurde darüber informiert, dass dieses Mediationsgespräch stattgefunden hatte und sie ging davon aus, dass eine Einigung hergestellt werden konnte. Sie bot sich aber an, bei Notwendigkeit das Mandat fortzusetzen.

Glücklicherweise hatten wir bisher viel Ablenkung von unserer äußerst desolaten Situation durch alle möglichen Aktivitäten. Keinesfalls wollten wir nochmal solch ein trauriges und einsames Weihnachtsfest erleben und hatten von Heiligabend bis ins neue Jahr einen Aufenthalt in den verschneiten Alpen gebucht.

Die Adventszeit war für uns eher traurig und erst am Samstag vor dem vierten Advent sahen wir André und die Kinder wieder. Wir suchten passende Geschenke für die drei aus und gaben sie ihnen auch schon an diesem Tag.

Beim letzten Treffen hatten wir gesehen, dass Tinka immer noch die chirurgischen Stecker in den bereits vor längerer Zeit gestochenen Ohrlöchern trug. Anscheinend hatte sie noch keine richtigen Ohrstecker und so kauften wir ein hübsches Paar bei einem Juwelier.

Als Tinka dieses Geschenk sah, schaute sie etwas ängstlich drein. Ich selbst trage keine Ohrstecker und so wusste ich nicht, wie wir sie in ihre Ohren bekommen sollten. Ihr Vater konnte auch nicht helfen.

„Am besten gehen wir zu dem Juwelier, die können das doch ganz bestimmt", schlug ich vor.

Und so gingen wir alle in die Stadt, wo schon die Lichter weihnachtlich leuchteten. Die Verkäuferin in dem kleinen Juweliergeschäft war äußerst freundlich und zuvorkommend und passte ganz vorsichtig Tinka die Ohrstecker an. Anschließend konnte sie sich im Spiegel betrachten und sie strahlte. Ob sie wohl beim nächsten Treffen diese Ohrstecker noch anhat? fragte ich mich.

In diesem Winter lag Ende des Jahres wenig Schnee in den Alpen und nur auf den höchstgelegenen Pisten war Skifahren möglich. Dort tummelten sich dann viel zu viele Skifahrer während der Tage zwischen Weihnachten und Neujahr.

Leider hatte ich das Pech, von einem anderen Skifahrer umgefahren zu werden. Ich erlitt einen Schambeinastbruch und musste vor Ort zwei Tage ins Krankenhaus. Ich durfte mich acht Wochen lang nur mit Krücken fortbewegen. Damit war die Skisaison jetzt schon beendet! Ich informierte André per SMS über diesen Unfall. Er rief besorgt an und ließ sich alles erzählen.

Wie hätte ich mich gefreut, wenn er nach unserer Rückkehr im neuen Jahr zusammen mit den Kindern einen Krankenbesuch gemacht hätte! Aber ich wartete vergebens!

Nun schrieben wir das Jahr 2016. Anfang Januar nahm Tinka wieder an einem Skikurs teil und André fragte nach, ob wir wohl wieder nach Spitzingsee kommen wollten. Da wir damals leider kaum mit Tinka zusammen kamen, sahen wir diesmal keinen Sinn darin und ich musste ja auch an Krücken gehen.

So schickte uns André von dem Abschlussrennen zwei kleine Videos. Tinka hielt sich schon ganz gut auf den Skiern.

Wir sahen André und die Kinder erst Anfang Februar bei uns wieder. Mir fiel sofort auf, dass Tinka die chirurgischen Stecker in den Ohren hatte.

„Wo sind denn Deine Ohrringe?" fragte ich das Mädchen.

Das Kind guckte etwas verlegen.

„Ein Ohrring war nicht in Ordnung", antwortete der Vater.

„Der fiel aus dem Ohr, als Pina dem Kind den Pullover über den Kopf zog. Der ist wohl zu weit und muss wieder gerichtet werden. Pina will mal damit zum Juwelier gehen."

Die Ohrstecker waren aus Silber und da Pina selbst solchen Schmuck trägt, musste es für sie doch ein Leichtes sein, den Stecker so zu richten, dass er in Tinkas Ohr passt! Ich glaubte die Version nicht so recht, zumal ich ja schon damit gerechnet hatte, dass das Kind beim nächsten Mal unsere Ohrstecker nicht anhaben wird.

Ich bat André darum, uns die Ohrstecker zuzuschicken, damit wir sie dann beim Juwelier richten lassen konnten. Er tat das auch bald. Die Mitarbeiterin im Juweliergeschäft rollte mit den Augen. Ein Aufsteckteil war nur minimal verbogen, das weiche Silbermaterial ließ sich ganz leicht wieder richten. Zur Sicherheit kauften wir noch ein zusätzliches Aufsteckteil.

Während dieses Besuches Anfang Februar gingen wir auf einen Spielplatz, der neu angelegt war. Es gibt einen Bereich für kleinere Kinder, wo wir uns mit der jetzt zweijährigen Verena beschäftigen konnten, und einen Bereich mit großen Klettergerüsten, an denen sich Tinka vergnügte. Der Opa sagte zu ihr, dass wir ja nochmal hierhin gehen könnten, wenn sie mal bei uns in Ferien ist.

„Frag doch Deinen Papa, ob Du mal kommen kannst."
Ihre Frage an den Vater wurde sofort verneint. Er versprach uns allerdings, dass wir in diesem Jahr häufiger mit ihm und den Kindern zusammenkommen werden, als das im vergangenen Jahr der Fall war.

Anfang März, drei Tage nach meinem Geburtstag, kam André wieder mit den Kindern zu uns und wir gaben ihm Tinkas Ohrstecker zurück. Wir verbrachten einen harmonischen Tag miteinander und die Kinder hatten mit uns wieder ihren Spaß.

Kurz vor der Abfahrt wollte ich jetzt selbst Tinka noch den Ohrschmuck anstecken, aber dazu ließ mir André keine Zeit.

An dieser Stelle möchte ich erwähnen, dass bei keinem der Treffen mit den Kindern und André seine Frau erwähnt oder über sie gesprochen wurde.

Als ich ein paar Wochen später André telefonisch fragte, ob wir uns zu Pfingsten sehen können, wurde er in ungewohnter Weise am anderen Ende der Leitung aggressiv und verneinte barsch. So hatte er bisher noch nicht mit mir gesprochen! Wie hatte er sich verändert, er war nicht mehr zu erkennen!

Er signalisierte auch, dass wir uns so schnell nicht wiedersehen. Aber er hatte doch versprochen, uns in diesem Jahr häufiger mit den Kindern zu besuchen!

Ab diesem Zeitpunkt sprachen wir nicht mehr telefonisch miteinander, wir hatten nur noch schriftlichen Kontakt. Dabei machte uns André häufiger Vorwürfe, die unberechtigt waren und die wir in unseren Antwortschreiben widerlegten. Es schien ihm aber auch weh zu tun, dass er uns mit seinem Verhalten enttäuschte. Gleichzeitig äußerte er, dass er sich von uns bedrängt fühlte und bat darum, dass wir warten, bis er selbst auf uns zukommt.

Wir konnten sehr gut verstehen, dass er lieber mit seiner Frau zusammen seine freie Zeit verbrachte als mit uns. Es wäre ja auch viel schöner für ihn, wenn Pina bei den Treffen mit uns dabei wäre! Trotzdem hatten aber seine Kinder das Recht auf den Kontakt mit uns und wir mit ihnen.

Wir unterbreiteten ihm Vorschläge, wie wir auch ohne seine Anwesenheit mit den Enkelinnen in Verbindung bleiben können, wie z.B. per Skype oder wenn sie für ein paar Tage alleine zu uns kämen. Gleichzeitig hätte dann das junge Paar ja auch die Möglichkeit gehabt, einmal in München auszugehen. Aber unsere Vorschläge wurden ignoriert.

André erwähnte nun in seinen Mails wiederholt seine Hilflosigkeit und Ohnmacht in dieser desolaten Situation, deren Ursprung nicht wir, sondern das Verhalten seiner Frau war, die in ihrer bekannten Sturheit nicht bereit war, zur Lösung dieses unsinnigen Konfliktes mit beizutragen und damit auch nicht bereit zum Frieden war. Regelmäßig ließ sie ihren Mann die Kastanien aus dem Feuer holen, die sie hineingeworfen hatte und dummerweise ließ er sich hier von ihr missbrauchen. Sie musste wissen, wie unangenehm ihm die Auseinandersetzungen mit uns waren, die es früher zwischen uns ja nie gab, und sie ließ ihn immer alleine mit uns das Gefecht austragen. André sollte sich wohl schlecht dabei fühlen, damit er bald nicht mehr zu Treffen mit uns bereit war! Sie benutzte ihn als ihren Beschützer gegen uns, statt als „eigener Mensch", wie sie ja wahrgenommen werden wollte, ihre verbockten Dinge selbst zu regeln. Ich halte das aber nicht für Feigheit, sondern für hinterhältige Berechnung.

Mit dieser verwerflichen Taktik wurden wir jedenfalls ganz allmählich immer weiter aus dem Leben der jungen Familie gedrängt.

André tat uns unendlich leid in seiner Hilflosigkeit und Ohnmacht und wir äußerten das auch mehrmals in unseren Antwortschreiben. War es glaubhaft, dass auch seine Frau für ihn Mitleidsgefühle hatte oder spielte sie ihm nur etwas vor? Jedenfalls nutzte sie meiner Meinung nach die blinde Liebe ihres Mannes zu ihr gnadenlos aus. Warum nur verhielt sie sich so, dass er so leiden musste?

Uns war früher nie aufgefallen, dass André als erwachsener Mann so wehleidig sein konnte, wie es jetzt häufig in seinen Mails zum Ausdruck kam. Inzwischen hatte sich auch sein Schreib- und

Ausdrucksstil sehr verändert. Der kam mir nun ziemlich weibisch vor. Die Sätze waren oft so verschachtelt, dass ich sie zweimal lesen musste um zu verstehen, was André uns sagen wollte.

Irgendwann erwähnte André, dass er eine Therapie machte. Für seine Frau hätten wir eine Therapie für viel wichtiger gehalten! Aber wir dachten, dass es nicht schaden konnte, wenn André dadurch eine stärkere Persönlichkeit entwickelte und sich besser gegen seine Frau behaupten konnte, unter deren Pantoffel er doch offensichtlich stand.

Zu Vater- und Muttertag schickte André uns beiden eine SMS und bedankte sich „für alles Gute, was er an seine Kinder weitergeben möchte". Einerseits rührten mich seine lieben Worte zu Tränen, andererseits fragte ich mich aber, warum er seine Kinder nicht dazu anhielt, sich für unsere Geschenke zu bedanken, wie er das von uns gelernt hatte.

Wir antworteten darauf, wie gut uns seine einfühlsamen Worte getan hatten. Gleichzeitig wiesen wir jetzt aber auch darauf hin, dass es immer deutlicher wurde, dass wir ohne juristische Hilfe nicht zurückkommen zum Frieden in unserer Familie und zum regelmäßigen Kontakt mit unseren Enkelinnen. Unsere Hoffnung, dass uns André darum bat, diesen Weg nicht zu gehen, erfüllte sich nicht.

So kontaktierten wir Ende Mai erneut unsere Rechtsanwältin. Da sie unseren Fall übernahm, gingen wir davon aus, dass sie sich vom Einschalten des Familiengerichts Erfolg versprach. Als erstes aber sandte sie ein Einschreiben an das junge Ehepaar mit mehreren Terminvorschlägen für unsere Treffen mit den Enkelinnen ungefähr alle vier Wochen.

Da die Familie in Urlaub war, kam eine ablehnende Reaktion erst drei Wochen später mit der Begründung, dass das Wohl der Kinder durch die schlechte Beziehung zwischen den Eltern und Großeltern nicht gewährleistet wäre. Die jungen Eltern mochten sich nicht auf eine Umgangsregelung festlegen lassen, sondern nach eigenem Ermessen beurteilen, ob ein Umgang wieder möglich wird. Außerdem baten sie darum, dass unsere Rechtsanwältin soweit wie möglich zur Deeskalation in dieser Sache beitrug.

Daraufhin wandte sich unsere Anwältin sofort ans Jugendamt, da das Kindeswohl angesprochen wurde. Der Kontakt gestaltete sich leider äußerst schwierig wegen der augenblicklichen Urlaubszeit.

Kapitel 13

In diesem Sommer wurde André vierzig Jahre alt und wir schrieben ihm einen langen Brief. Kurz darauf bedankte er sich für unsere Glückwünsche und bemerkte, dass es ihm sehr nahe geht, wie sehr wir an der Situation leiden, er das Problem aber nicht lösen kann. Er schlug uns sogar vor, eine Therapie zu machen, so wie er ja selbst seit geraumer Zeit eine macht, die ihn sehr gestärkt habe. Dass wir eine solche machen sollten, damit wir das falsche Verhalten von Pina besser ertragen konnten, war aber doch wohl sehr abwegig! Wir waren eher der Meinung, dass Pina eine Therapie viel nötiger hätte! Wegen ihres Verhaltens musste doch die ganze Familie leiden!

Ich bat eine nahe Verwandte, die in Köln wohnt, André doch auch schriftlich oder telefonisch zu gratulieren, damit er merkt, dass auch er eine Familie hat, so wie seine Frau, die die Kontakte mit den Mitgliedern ihrer Familie doch bestens pflegt. Die Verwandte tat es und André freute sich darüber. In diesem Jahr jährte sich auch sein Abitur zum zwanzigsten Mal und die Schulkameraden wollten sich deswegen an einem Wochenende in der Heimat treffen. André fragte bei der Verwandten nach, ob sie sich bei dieser Gelegenheit treffen könnten und sie sagte zu.

Die Verwandte berichtete uns später, dass sie mit André mittags in ein Restaurant ging und anschließend einen langen Waldspaziergang mit ihm machte. Natürlich kam die Sprache auf unsere verfahrene Situation. André erzählte, dass Tinka im Laufe des Sommers nachfragte, wann wir uns wieder sehen würden. Ihr wurde gesagt, dass ein Besuch wegen des bestehenden Konfliktes augenblicklich nicht möglich sei und angeblich hätte sie das auch verstanden. Die Eltern wollten ihre Kinder keinesfalls in diese Auseinandersetzung mit hineinziehen. Aber wir sind der Meinung, dass sie genau mittendrin sind!

Die Verwandte wies André darauf hin, dass seine Kinder doch auch den Kontakt mit seinen Eltern brauchen und nicht nur mit Pinas Eltern. Er sagte darauf, dass es den Kindern doch reicht, nur mit einem Großelternpaar Kontakt zu haben. Hatte er nicht mal versprochen, uns häufiger mit den Kindern zu besuchen und mitgeteilt, dass Pina ihn dazu geradezu ermunterte? Die Verwandte äußerte, dass hier die Rechte seiner Kinder und die seiner Eltern ausgehebelt werden.

André erwähnte, dass seine Frau hysterisch auf den Brief unserer Rechtsanwältin mit den Terminvorschlägen reagiert hätte. Da die jungen Eltern nach ihrem Schreiben an diese mit der Bitte, zur Deeskalation in der Sache beizutragen, nichts mehr gehört hatten, gingen sie wohl davon aus, dass die Regelung unseres Umgangs mit den Enkelinnen tatsächlich nicht weiter verfolgt wurde.

Was die Verwandte dann aber noch erzählte, empörte mich zutiefst! André sagte doch allen Ernstes, dass seine Frau Angst davor hätte, dass ich ihr etwas antun könnte. Schließt Pina da vielleicht von sich selbst auf andere, das heißt, dass sie diese bösen Hirngespinste hat, mir etwas anzutun?

Solche absurden Gedanken waren mir noch nie in den Sinn gekommen!

Es schien doch, dass André inzwischen völlig den Bezug zur Realität verloren hatte, weil er seiner Frau nicht verbat, so etwas überhaupt auszusprechen!

André sagte auch, dass er sich vorstellen könnte, wieder in die alte Heimat zurückzuziehen und schwärmte schon fast, wie schön es dort sei.

Ich recherchierte neugierig im Internet, ob es derartige Fälle gibt, dass Frauen ihren Schwiegertöchtern etwas antun. Ich fand hierzu nichts, wohl aber sind einige Fälle genannt, in denen Frauen ihre Schwiegermütter töteten.

Warum nur verhielt sich André so unverständlich? Warum setzte er seiner Frau keine Grenzen? Die einzige Erklärung dafür war für mich, dass er Angst davor hatte, dass Pina ihm den Laufpass geben könnte, wenn er sich anders verhielt, als sie es von ihm verlangte. Anscheinend kam ihm nicht in den Sinn, dass sich seine Frau sehr schlecht stehen würde, wenn sich die Beiden trennten.

Gewiss würde sie ihn zusammen mit den Töchtern verlassen und er stände alleine da. Aber sie hatte an seiner Seite doch solch ein gutes Leben, das würde sie doch nicht wirklich aufs Spiel setzen! Pina musste doch wissen, wie schwierig es ist, sich als Single mit zwei Kindern alleine durchs Leben zu schlagen. Und so schnell würde gerade sie, die so schwierig ist, keinen neuen Partner finden! Hatte André vergessen, dass sie ihm damals erzählt hatte, welche schlechten Erfahrungen sie mit den Männern gemacht hatte? Sie wusste doch genau, dass sie keinen anderen fand, der sich so leicht um den Finger wickeln ließ wie der gutmütige André. Ich ging im Übrigen davon aus, dass André von Pinas Eltern so hofiert wurde, dass er bloß nicht auf die Idee kam, ihre schwierige Tochter zu verlassen. Aber er machte uns doch mehrmals deutlich, wie sehr er seine Frau liebt! Das bezweifelten wir auch keinen Augenblick, aber wir fragten uns, ob Pina ihn wirklich liebt oder doch eher die vielen Vorteile der Ehe mit André im Blick hat.

Wie nur konnten wir unserem Sohn deutlich machen, dass doch eigentlich er die bessere Position hatte und nicht wirklich befürchten musste, dass Pina ihn so schnell verlässt.

Zeitweise hatte ich auch den Verdacht, dass André unter dem Einfluss von Drogen oder zu starken Medikamenten stehen könnte und deshalb nicht mehr ganz Herr seiner Sinne und seines Verhaltens ist. Aber die Verwandte, die ja viele Stunden mit André zusammen gewesen war, hatte nicht den Eindruck, dass er entsprechend beeinflusst war.

„Das kann er sich doch auch gar nicht leisten bei seinem verantwortungsvollen Job", meinte sie.

In dieser ausweglosen Situation, wo an Tagen ohne Ablenkung die Gedanken nur um diesen sinnlosen Konflikt kreisten und viele schlaflose Nächte folgten, formten sich in meinem Kopf Bilder, die ich irgendwann zu Papier bringen wollte. Ich hatte in der Schulzeit immer gerne gemalt und traute mir das auch jetzt noch zu. Aus Andrés Schulzeit war noch Material zum Zeichnen vorhanden. Das holte ich eines Tages hervor und begann auf DIN A3-Blättern mit Wasserfarben zu malen, im naiven Stil mit tiefsinnigem Hintergrund. Das war für mich gleichzeitig wie eine Therapie. Ich malte nur für das stille Kämmerchen. Es entstanden phantasievolle Bilder, auf denen ich verschiedene Situationen darstellte, wie ich sie sehe, fühle und zu erkennen glaube und in denen vor allem auch unsere schmerzende Ausgrenzung ersichtlich wird. Die Bilder betitelte ich zum Beispiel mit „Durchblick" oder „Tanz auf der Nase". Mit der Zeit bekam ich noch viele weitere Ideen, die ich zum Teil im Bild festhielt.

Da unsere Rechtsanwältin keinen Erfolg damit hatte, das Jugendamt zu kontaktieren, hörten wir von ihr leider erst Ende Oktober wieder. Zur Lösung unseres Problems sah sie nur noch den Klageweg. Dieser sollte auch dazu dienen, unsere Familie wieder zusammen zu führen.

Wievielmal hatte André inzwischen geäußert, dass er den Konflikt nicht lösen konnte? Wie deutlich war es doch geworden, dass unsere sture Schwiegertochter nicht bereit war, zur Lösung dieses sinnlosen Konfliktes mit beizutragen! Da konnten wir doch nur noch den Klageweg beschreiten und nun nahm das Schicksal seinen Lauf.

Es kam wieder die Weihnachtszeit und wir wollten unseren Enkelkindern ein Geschenk machen. Ende November fragten wir bei den Eltern nach, was wir den beiden Mädchen schenken könnten. Pina und André wussten zu diesem Zeitpunkt nicht, dass die Klage in Angriff genommen worden war.

Wir bekamen keine Antwort, auch nicht auf ein nochmaliges Nachfragen. So entschieden wir selbst die Geschenke. Für Tinka kauften wir ein Skateboard und ein Malbuch, für die dreijährige Verena ein paar Spiele ihrem Alter entsprechend. Wir machten ein liebevolles Paket zurecht, legten ein paar Süßigkeiten dazu und schickten es kurz vor den Feiertagen an unseren Sohn.

Wir waren uns nicht sicher, ob die Kinder unsere Geschenke erhalten hatten, denn sie wurden nicht dazu angehalten, sich bei uns zu bedanken. Hatte uns André nicht zum vergangenen Vater-

und Muttertag mitgeteilt, dass er das, was er Gutes durch uns erfahren hatte, an seine Kinder weitergeben wollte?

Da die bevorstehenden Feiertage immer besonders deutlich werden lassen, wenn es Probleme in der Familie gibt, hatten wir über Weihnachten und Neujahr eine Flusskreuzfahrt gebucht, die eine schöne Ablenkung bot.

Kapitel 14

Nun waren wir im Jahr 2017 angekommen und Tinka wurde im Januar sechs Jahre alt. Zu ihrem Geburtstag schickten wir wieder ein Geschenk per Post, eine silberne Kette mit einem glitzernden bunten Schmetterling als Anhänger. Wir legten auch ein paar Süßigkeiten für Verena bei. Wieder kam für dieses Paket von den Kindern kein Dank.

Vier Tage nach Tinkas Geburtstag erhielten wir Post vom Amtsgericht München. Der Termin für das Gerichtsverfahren wurde uns mitgeteilt, er war an meinem Geburtstag Anfang März um 9.30 Uhr.

Wir hatten schon von unserer Anwältin den Schriftsatz der von André und Pina beauftragten Rechtsanwältin erhalten. Unter anderem ist darin nachzulesen, dass die junge Familie in diesem Jahr nach Nordrhein-Westfalen zieht. Das hatten wir uns ja schon fast denken können. Aber dann mussten wir etwas ganz Schreckliches lesen:

„Aufgrund des in den letzten Jahren offensichtlich gestiegenen Alkoholkonsums der Großeltern väterlicherseits haben die Kindeseltern nun auch Sorge, diese könnten nicht aufsichtsfähig, insbesondere nicht fahrtüchtig, sein und möchten die Kinder nicht von den Großeltern väterlicherseits mit Hilfe eines Pkws transportiert wissen."
Eine glatte Verleumdung!

André wusste doch, dass wir uns ehrenamtlich betätigten und deshalb einen gut gefüllten Terminkalender hatten, wozu doch hoher Alkoholkonsum gar nicht passte! Er und Pina hatten doch noch nie erlebt, dass wir alkoholisiert Auto fuhren und dass wir schon gar nicht tagsüber Alkohol tranken, wenn wir abends noch nach Hause fahren mussten. Seit Monaten hatten wir keinen persönlichen Kontakt mehr miteinander, woher nur glaubten die Beiden zu wissen, dass unser Alkoholkonsum inzwischen bedenklich gestiegen war?

Früher warf André uns mehrmals ungerechtes Spekulieren vor, wenn wir zu Fakten, die uns nicht näher bekannt waren, irgendwelche Vermutungen äußerten. Woher nahmen er und seine Frau sich jetzt das Recht, über unseren Alkoholkonsum zu spekulieren und diesen so zu thematisieren, dass wir dadurch geschädigt wurden?

Diese abstruse Verleumdung zeigte uns auf jeden Fall Pinas überaus schlechten Einfluss auf André.

„Ich werde jetzt eine Anzeige wegen Verleumdung erstatten", sagte ich erbost zu Hans und rief unsere Rechtsanwältin an.

Sie musste leider abwehren.

„In einem laufenden Verfahren geht das leider nicht", erklärte sie.

„Ich hatte das mal in einem früheren Verfahren versucht, die Anzeige wurde vom Gericht nicht angenommen."

Verleumdung ist aber doch ein strafbares Vergehen und wir konnten nicht verstehen, dass die Rechtsanwältin des jungen Paares hier nicht nachfragte, ob die Beiden definitiv wussten, dass bei uns zu hoher Alkoholkonsum vorliegt. Aber sicherlich wusste auch sie, dass wir wegen des laufenden Verfahrens nicht zusätzlich wegen Verleumdung klagen konnten.

Diese unfassbare Verleumdung, die André später sogar noch auf seine eigene Kappe nahm, hatte mich traumatisiert! Jedes Glas Wein oder Sekt oder andere alkoholische Getränke machen mir nun ein schlechtes Gewissen. Wenn wir am Tag mit unseren Freunden unterwegs sind, trinken wir grundsätzlich keinen Alkohol, weil das müde macht und wir anschließend ja noch mit dem Auto nach Hause fahren müssen!

Ich bekam wieder Lust zu malen. Auf einem DIN-A3-Blatt stellte ich eine Kommode mit sechs Schubladen dar. Auf dem Möbelstück stehen ein paar bekannte Bücher: „Das Parfum" von Patrick Süßkind, „Die Falschspieler" von G. Gay, „Der Widerspenstigen Zähmung" von William Shakespeare, „Krieg und Frieden" von Leo Tolstoi und „Ein Käfig voller Narren". Daneben sitzt ein trauernder Engel, sein Kopf zwischen den verschränkten Armen über seinen

Knien. An der Wand hängt ein Bild von einer Dame, die wegen falscher Verdächtigungen verurteilt wurde. Die unterste Schublade der Kommode steht ein wenig offen und aus ihr lacht Pina den Betrachter an. In der gleichen Schublade befindet sich Donald Trump mit seinem ewigen Fingerzeig in Richtung seiner Anhänger, dessen zahllose Lügen und Spaltung der amerikanischen Gesellschaft in diesen Tagen besonders offenbar wurde. Das Bild zu benennen erübrigt sich!

Das nächste Bild ist eine Fotomontage. Es zeigt Pina auf einer Wiese am Rhein. Am anderen Ufer ist die Silhouette von Köln zu erkennen. In diesen Tagen gab es einen Kommentar zum Verhalten Erdogans. Dieser rüpelige Egomane lässt nichts als die eigene Meinung gelten und muss sich in Beleidigungen flüchten, wenn ihm die Argumente ausgehen. Täglich liefert er den Beweis dafür, dass er wie ein Diktator denkt und handelt und niemals zum Einlenken bereit sein wird, nicht durch Druck und nicht durch Diplomatie und er hat die rote Linie längst überschritten. Er zieht sein Ding durch ohne Rücksicht auf Verluste. Diese Charakterisierung münzte ich auf Pina um und klebte beide Texte nebeneinander auf das Blatt. Eine weitere Spalte schildert die Ausschaltung der Schwiegereltern mit dem Ziel, dass die Familie ins Rheinland zieht.

Wegen des frühen Gerichtstermins in München übernachteten wir in einem Hotel in der Nähe des Amtsgerichts und waren zusammen mit unserer Rechtsanwältin schon eine halbe Stunde vor Beginn der Anhörung im Vorraum des Dienstzimmers im sechsten Stock, wo diese stattfand. Als André und Pina zusammen mit ihrer Rechtsanwältin eintrafen, begrüßten sie uns nicht. Auch zwei Mitarbeiterinnen des Jugendamtes kamen bald.

Nachdem die Anwesenden in dem kleinen Dienstzimmer Platz genommen hatten, begann die Anhörung. Der Richter erwähnte mit keinem Wort diese unglaubliche Verleumdung.

Die Mitarbeiterinnen des Jugendamtes konnten sich auch äußern. Wenn man bedenkt, dass diese Institution keine Bedenken hatte, einem Kinderschänder kleine Jungen und Mädchen anzu-vertrauen, wie auf dem Campingplatz in Lügde geschehen, ist es unbegreiflich, dass sie in unserem Fall tatsächlich Bedenken äu-ßerten, dass unsere Enkelkinder bei Treffen mit uns Schaden nehmen könnten, weil wir ja so fremd für sie waren.

Die Mitarbeiterinnen schlugen vor, dass wir zunächst nur ein o-der zwei Stunden an bestimmten Tagen mit den Kindern zusam-men kommen sollten, damit sie sich allmählich an uns gewöhnen können.

Der Richter dagegen ordnete Treffen zwischen uns und den En-kelinnen regelmäßig alle sechs Wochen an, mit deutlich mehr Stunden als vom Jugendamt vorgeschlagen und zunächst, wenn nötig, im Beisein eines Elternteils. Er forderte noch zwei oder drei Treffen zwischen uns und den Enkelkindern vor dem Umzug der Familie.

Er sah auch die Notwendigkeit von Gesprächen zwischen uns und unserem Sohn, die schnellstmöglich mit Mediatoren erfolgen sollten. Hierzu lud er auch Pina herzlich ein. Hans empfand deren Gesichtsausdruck darauf, als sei sie beleidigt gewesen, weil sie praktisch als Letzte zu den Gesprächen eingeladen wurde.

Das war doch nun ein Sieg für uns, obwohl ich mitbekam, dass der Richter zu unserer Anwältin sagte, dass dies eine „wachswei-che Regelung" sei. Er hatte aber auch gesagt, dass er für uns zu-künftig nichts mehr tun könne, weil seine Befugnisse nicht bis Nordrhein-Westfalen reichen.

Als die Verhandlung beendet war, verabschiedeten sich die Teil-nehmer per Handschlag. Die Mitarbeiterinnen des Jugendamtes gratulierten mir noch zum Geburtstag. André tat das nicht. Er reichte uns aber die Hand, Pina dagegen nicht. Wir verließen zu-sammen mit unserer Anwältin als erste den Raum und fuhren mit dem Aufzug zum Ausgang. Hier stellte sie fest, dass sie oben et-was vergessen hatte und so musste sie wieder zurück. Sie bat uns, auf sie im Ausgangsbereich zu warten.

Wenig später kamen André und Pina mit ihrer Anwältin und mussten an uns vorbeigehen. Pina schlug die Augen nieder und würdigte uns keines Blickes. André lächelte ein wenig beim Vorbeigehen und ich meinte, ein flüchtiges Berühren meiner Hand wahrgenommen zu haben.

Das erste vom Richter angeordnete Gespräch fand Ende März statt, mit den gleichen Mediatorinnen wie bei dem ersten moderierten Gespräch vor fast zwei Jahren. Weil das Treffen am frühen Vormittag in München stattfand, mussten wir wieder in einem Hotel übernachten. Wer hätte es anders erwartet, als dass André alleine an diesem Treffen teilnahm!

Die beiden Mediatorinnen waren sich zunächst nicht klar über ihre Aufgabe in dieser Angelegenheit, weil sie vom Amtsgericht nicht informiert wurden, und sagten, dass sie solch einen Fall noch nicht erlebt hätten. Sie zeigten aber Verständnis für beide Seiten.

Bei diesem Gespräch erwähnten wir, dass wir unseren Sohn nicht mehr erkennen können, weil er sich so verändert habe. André verhielt sich bei diesem Hinweis so unbeteiligt, als würde über eine fremde Person und nicht über ihn gesprochen.

André sagte, dass unsere letzten Geschenke nicht an die Kinder ausgehändigt wurden, weil die Sachen bereits in die Umzugskartons gepackt wurden. Er verweigerte uns zu sagen, ob er schon eine Arbeitsstelle in Nordrhein-Westfalen gefunden hat und wohin er überhaupt ziehen wird.

Leider ergaben sich keine Terminfindungen für ein Treffen mit unseren Enkelkindern.

Zuletzt wurden uns weitere Gesprächstermine genannt. André stimmte zu, betonte aber, dass Zielvorgaben in Gesprächen sowieso scheitern würden und diese ergebnisoffen sein sollten. Diese neumodische „Ergebnisoffenheit" führt sich aber selbst ad absurdum, weil nichts erreicht zu haben doch auch ein Ergebnis ist!

Ein weiteres moderiertes Gespräch fand erst zwei Monate später statt und uns und unserer Anwältin war klar, dass André mit der Zeit trickste. Auch diesmal erschien er alleine.

Wie schon bei den beiden voran gegangenen Gesprächen bestimmten auch jetzt wieder die Mediatorinnen, worüber gesprochen werden sollte. So hatten wir keine Möglichkeit, über das zu reden, was uns besonders am Herzen lag. André wusste doch gar nicht, dass wir mit dem Einschalten des Gerichtes auch ihm helfen wollten. Das hätten wir ihm gerne einmal deutlich gemacht.

Den Mediatorinnen wurde beim Ablauf des Gespräches bald klar, dass an kein Weiterkommen zur Lösung des Konfliktes zu denken war und kein Termin für die vom Richter angeordneten Treffen mit den Enkelinnen gefunden werden konnte.

Da André nach Kräften mauerte und absolut unzugänglich war, äußerten die Mediatorinnen jetzt, dass sie keine weiteren Gespräche mehr anbieten.

Nach diesem letzten Gespräch hörten wir lange nichts mehr von unserem Sohn.

In dieser langen Wartezeit zwischen den beiden moderierten Gesprächen hatte ich weitere Bilder gemalt, um meinen Frust zu verarbeiten, vor allem über die uns von André entgegenschlagende Gefühlskälte, die früher nie vorhanden war.

Vor einem himmelblauen Hintergrund sieht man ein großes weißes Herz mit dem Konterfei von Pina, das ich einem Hochzeitsfoto entnahm. Sie schaut den Betrachter starr mit stahlblauen Augen an. Seitlich davor malte ich ein kleineres rotes Herz mit Andrés lachendem Gesicht. Die obere rechte Ecke des roten Herzens ist von einer dicken weißen Schicht wie wachsendes Eis überzogen. Von Pinas Gesicht zielt eine graue Sprechblase in Form einer Hand in die rechte Ecke des Bildes, wo sich ein Foto von Hans und mir befindet in der Kleidung zur kirchlichen Hochzeit der Beiden. In der Sprechblase steht:

„Wenn du nicht willst, dass ich dir was tu*, dann wende dich nicht denen zu! *Vertrauensentzug!"

Am unteren Rand des Bildes steht:

„Ist menschliche Kälte ansteckender als Herzenswärme? Oder isst Angst (Verlustangst) die Seele auf?"
Das vorläufig letzte Bild zeigt Pina als Köchin. Sie trägt eine grüne Latzschürze, die sie zum Junggesellinnenabschied geschenkt bekommen hatte. Auf ihrem Kopf hat sie eine dazu passende grüne Kochmütze in Form eines Hexenhutes. Daneben fliegt eine schwarze Fledermaus und vor Pina liegt rechts eine getigerte Katze auf dem Tisch. Vor ihrem Bauch liegt auf dem Tisch ein brauner Teigklumpen mit dem Hinterkopf von André. Auf der linken Seite neben Pina steht geschrieben:
„Sie raubte uns unseren Edelstein und verhexte ihn in einen Dreckklumpen. Wer oder was kann uns erlösen?"

Ich hatte noch ein weiteres Bild im Kopf:
Ein Brautpaar sitzt in der Kirche vor dem Altar und die Hochzeitsgäste sitzen in den Bänken. Der Pfarrer spricht mittels einer Sprechblase über die zweifache Bedeutung des Begriffs „gerne haben". In den Denkblasen der einzelnen Personen ist nachzulesen, welche Gedanken die einzelnen bei dieser Predigt haben.
Die Braut denkt:
„Meine Schwiegereltern können mich mal gerne haben."
Der Bräutigam denkt:
„Ich habe SIE gerne, weil sie genau mein Typ ist."
Die Schwiegermutter mit Blick auf die Braut denkt:
„Was SIE wohl jetzt über uns denkt?"
Und die Eltern der Braut denken:
„ER ist wirklich zum gerne haben."

Wir informierten unsere Rechtsanwältin über die erfolglosen Gespräche und fragten, wie die Angelegenheit vor Gericht jetzt weiterginge.
Wir hätten einen Antrag auf Wiederaufnahme des Verfahrens stellen müssen. Wir verzichteten darauf mit der Begründung:
„Unter dem Gesichtspunkt, dass André als erwachsener Mann mit seinem Hintergrund so negativ beeinflussbar ist, müssen wir

leider davon ausgehen, dass kleine Kinder erst Recht noch leich-
ter schlecht gegen uns beeinflussbar sind und dies auch ge-
schieht."

Kapitel 15

Im Laufe des Sommers hatte ich im Internet herausgefunden, dass André eine neue Arbeitsstelle gefunden hatte bei einem Unternehmen in Nordrhein-Westfalen mit einer Niederlassung in München.

Wir riefen mehrmals in seiner Münchner Wohnung an. Hier wurde sofort die Sprachbox aktiviert. Das zeigte zwar, dass die Wohnung von der jungen Familie noch nicht aufgegeben war, aber leider nicht, ob sie noch in München wohnte.

Obwohl André unsere Geburtstage inzwischen ignorierte, gratulierten wir ihm im August mit einem herzlichen Brief. Früher taten wir ihm Leid in diesem unleidlichen Konflikt, den er selbst nicht lösen konnte. Andererseits empfanden wir die vielen Hinweise auf seine Ohnmacht wie Hilferufe.

Jetzt aber klagte er uns in seinem Antwortschreiben an, zeigte sich sehr wehleidig und hob seine Verletzungen durch uns und sein jetziges Misstrauen gegen uns hervor und dass wir ihn angeblich nicht genug wertschätzten. Er schrieb, dass er sein Vertrauen in uns vor allem wegen unserer Einschaltung des Gerichts verlor.

Bei dem letzten moderierten Gespräch hatte mich André gefragt, ob ich noch Vertrauen in ihn hätte. Ich musste lange überlegen und sagte dann, dass es mir jetzt schwer fiele, ihm noch zu vertrauen nach der falschen Aussage, dass wir zu viel Alkohol trinken.

Bei ihm und Pina war keine Einsicht zu erkennen, dass wir das Gericht wegen ihres nicht Familien gerechten und nicht gesetzeskonformen Verhaltens bemüht hatten. Dagegen wurde aber die freche Verleumdung, die mich traumatisiert hat, einfach ausgeblendet und eine Entschuldigung dafür stand völlig außer Frage.

Unsere Rechtsanwältin bedauerte, dass wir in dem Verfahren nicht mehr weiter vorgehen wollten, sie hätte uns auch in Nordrhein-Westfalen vertreten und sah immer noch eine Chance für unser Umgangsrecht mit den Enkelinnen.

Da nun nicht klar war, wo sich die junge Familie jetzt überhaupt befindet, erklärte sich unsere Anwältin dazu bereit, eine Anfrage beim Einwohnermeldeamt zu starten.

Einen Monat später erhielten wir die Mitteilung über die neue Adresse der Familie. Allerdings fand unsere Anwältin auch heraus, dass Pina immer noch in München gemeldet war und demzufolge auch die Kinder. So wäre immer noch das Münchner Amtsgericht für unsere Sache zuständig gewesen.

Anhand der genannten Adresse konnten wir im Internet nachsehen, wo sich das Wohnhaus in Köln befindet. Wir staunten nicht schlecht über das, was wir herausfanden:

Es handelte sich um eine denkmalgeschützte riesige Villa aus der Jugendstilzeit mit großem Garten, gelegen an einer stark befahrenen Durchgangsstraße.

Wir fragten uns, ob sich unser Sohn das wirklich antun wollte, ein solches Haus in einer derartig nachteiligen Lage zu kaufen, und hielten ihn schon für verrückt. Seine Frau war doch gar nicht in der Lage, solch ein Objekt in Ordnung zu halten!

Nun war auch klar, dass André täglich ins Ruhrgebiet zu der Hauptniederlassung fahren musste, das sind hin und zurück mindestens 150 km. Für mich war es unfassbar, dass er seinen Arbeitsplatz in der Metropole, die im Städteranking dieses Jahres an erster Stelle lag, aufgegeben hatte für einen Arbeitsplatz in dem Ort, der im gleichen Städteranking den letzten Platz einnahm. Demzufolge konnte ich es nicht glauben, dass André jetzt ein besseres Einkommen haben sollte als in München.

Nach reiflicher Überlegung, dass wir zukünftig so weit weg von der jungen Familie wohnen und mit der Befürchtung, dass wir vielleicht noch mit einer viel schwerer wiegenden Verleumdung rechnen müssen, teilten wir unserer Anwältin mit, dass wir trotz der Erfolgsaussichten für uns nun die gerichtliche Sache beenden.

So können wir nur traurig sagen:

„Außer Spesen nichts gewesen!"

Dies lag einzig und allein an der Gegenseite, die schamlos alle Register zog, um unseren Erfolg zu verhindern.

Die Gerichts-, Hotel- und alle Fahrtkosten beliefen sich für uns auf ungefähr 3.400 Euro.

Warum war das junge Ehepaar so unehrlich und entwürdigend mit uns umgegangen und ließ uns diesen steinigen Weg gehen? Für alle Beteiligten wäre es doch viel besser gewesen, von Anfang an bei der Wahrheit zu bleiben. Wir hätten für einen Umzug nach Nordrhein-Westfalen Verständnis gehabt und hätten gegen diese Entscheidung ja sowieso nichts tun können. Aber Pinas unverständliches Festhalten an dem Konflikt zeigt mir, dass André von dem Umzug erst noch überzeugt werden musste. Wahrscheinlich war er erst dazu bereit, nachdem ihm mental die bayerische Welt massiv umgekrempelt wurde. Auf verschwörerische Weise sorgte Pina dafür, dass André jetzt glaubt, dass seine Eltern dafür die Verantwortung tragen. So hatte er dann auch keine Skrupel mehr, diese zu verleumden.

Im Dezember dieses Jahres wurde meine einzige noch lebende Tante 100 Jahre alt und das war für uns ein Grund, für ein paar Tage nach Nordrhein-Westfalen zu fahren.
Zusammen mit einigen anderen Familienangehörigen feierten wir an einem Nachmittag den Geburtstag der Seniorin. Sie war immer noch sehr klar im Kopf und kannte unsere Geschichte. Wir taten ihr unendlich leid.
Obwohl André immer ein sehr gutes Verhältnis mit dieser Großtante hatte, gratulierte er ihr nicht, weder telefonisch noch schriftlich. Das war uns unbegreiflich, weil diese alte Dame doch gar nichts mit unserem Konflikt zu tun hatte!

Bei diesem Aufenthalt in NRW wollten wir auch versuchen, ohne vorherige Ankündigung ein Gespräch mit André zu führen. Es war jetzt ein halbes Jahr her, dass wir ihn zuletzt gesehen hatten. Nun wollten wir ihm endlich einmal deutlich machen, dass wir das Familiengericht auch deswegen eingeschaltet hatten, weil er doch so oft seine Ohnmacht in diesem Konflikt zum Ausdruck brachte und deshalb selbst auch juristische Hilfe brauchte. Wir hofften, ihn alleine bei der Kölner Adresse anzutreffen, weil seine Frau ja wohl immer noch in München lebte. So fuhren wir an einem Abend zu der denkmalgeschützten Villa.

Es war dunkel und im Erdgeschoss war ein großes Fenster hell erleuchtet. Wir näherten uns vorsichtig über die lange Zufahrt, die nicht beleuchtet war, und kamen auf eine Art Vorplatz, wo drei Autos standen. Auf die Kennzeichen achteten wir nicht.

Wir gingen weiter zu einer breiten Treppe, die zum Eingang des Hauses führte. Mit klopfenden Herzen betätigten wir die Klingel, ohne ein Namensschild zu erkennen. Ein jüngerer Mann öffnete kurz darauf die Tür. Wir fragten, ob hier unser Sohn wohnt.

„Ja", antwortete er, reckte dann den Kopf in Richtung der Zufahrt und sagte weiter:

„Pina ist auch schon da, da steht ja ihr Auto."

Damit hatten wir nicht gerechnet! Wir baten ihn, unserem Sohn Bescheid zu geben, dass wir hier sind und ihn sprechen möchten. Erst sagte er, dass es um das Haus herum einen separaten Eingang für die Wohnung unter dem Dach gibt, die André bewohnte, aber dann war er bereit, doch nach oben zu gehen und war auch schon verschwunden.

Wir hörten von weitem Stimmengewirr. Es dauerte unendlich lange, bis der junge Mann wieder zurückkam. Er war sichtlich irritiert und sagte:

„Das ist eine bizarre Situation! Ihr Sohn kommt nicht, weil er jetzt die Kinder ins Bett bringen muss. Sie sollten wohl unbedingt mal miteinander reden."

„Dafür sind wir ja hier", entgegnete ich.

Der junge Mann, er war der Hausbesitzer, wollte sich nicht weiter äußern und so verließen wir enttäuscht und unverrichteter Dinge wieder das Anwesen.

An einem anderen Tag fuhren wir abends nochmals zu der Villa und parkten in der Nähe. Wir hatten vorher in einem schönen Geschäft einen weißen Friedensengel aus Porzellan gekauft. Ich hatte das Bedürfnis, André diesen zum Geschenk zu machen, damit er ihn immer beschütze.

Wir gingen auf den dunklen Vorplatz und sahen uns jetzt mit der Handy-Taschenlampe die Kennzeichen der dort stehenden Autos an. Ein Auto mit dem Kennzeichen des Ortes, wo André jetzt arbeitete, war offensichtlich ein Firmenfahrzeug und auf dem Kennzeichen des anderen schwarz-gelben Autos stand Pinas Geburtsdatum.

Wir gingen um das Haus herum und suchten den separaten Eingang, konnten ihn aber nicht finden.

Um auf das Grundstück zu gelangen musste man durch zwei offenstehende Tore gehen. Hier suchten wir jetzt nach einer Klingel und fanden sie endlich mit Hilfe der Taschenlampe. Wir betätigten die Klingel mehrmals, aber es tat sich nichts. Offensichtlich war sie abgestellt worden.

Ehe wir das Grundstück verließen, befestigten wir eine Plastiktüte mit dem Friedensengel darin an Andrés Auto und schrieben auf ein Blatt, dass dieser Engel ihn immer beschützen soll. Beim Weggehen warfen wir von weitem einen Blick zurück auf das Haus und sahen ein hell erleuchtetes Fenster unter dem Dach. Hier erkannten wir unseren Sohn, der sich anscheinend um die Vorbereitung des Abendessens kümmerte und neben ihm meinte ich, ein blondes Mädchen zu sehen.

Wir waren aber jetzt beruhigt, dass André diese prächtige Villa offensichtlich nicht gekauft hatte, sondern hier wohl nur übergangsweise zur Miete wohnte. Aber wohin würde die junge Familie endgültig ziehen? In den Ort seiner Firma war uns eigentlich nicht vorstellbar, da André diese Stadt, in der er während seiner Ausbildung eine Zeitlang wohnte, doch so zuwider war. Sie wollten ja in die Nähe ihrer Freunde ziehen, wie wir vor Gericht erfuhren.

Wir bekamen also keine Chance mehr, mit André ins Gespräch zu kommen, um endlich einmal vernünftig miteinander zu reden! Das wäre doch auch notwendig gewesen wegen seiner schriftlichen Anklagen gegen uns seit unserem letzten Treffen in dem moderierten Gespräch.

Allmählich fragte ich mich, was eigentlich schlimmer ist, diese unwürdige Situation oder wenn André gar nicht mehr leben würde? Wenn jemand sterben muss wegen schwerer Erkrankung oder wegen eines Unfalls und am Ende kein Arzt mehr helfen kann, ist dies eine höhere Fügung, der man sich beugen muss.

In unserem Fall aber liegt die Lösung dieses entseelten Konfliktes in der Hand von zwei jungen Menschen, die absolut keine Bereitschaft zum Frieden zeigen.

So ist diese unmenschliche Situation meiner Meinung nach schlimmer als ein toter Sohn.

Die Weihnachtstage verbrachten wir diesmal in einem schönen Hotel in einem österreichischen Wintersportort, was uns wieder die notwendige Ablenkung von unserer desolaten Situation brachte.

Kapitel 16

Die junge Familie hatte also offensichtlich ihre Wohnung in München verkauft und lebte nun wieder im Rheinland. Mir lief immer noch die Äußerung des jungen Vermieters über die „bizarre Situation" nach, die er erlebte, als er André mitteilte, dass wir unten vor der Türe stehen.

Was war wohl da oben bei der jungen Familie abgelaufen?

Wollte André zu uns hinunter kommen und wurde von seiner Frau davon abgehalten?

Oder ermunterte sie ihn, mit uns zu reden und er wollte das nicht?

Oder mussten sie lange überlegen, welchen Vorwand sie haben könnten, bis ihnen einfiel, dass André die Kinder ins Bett bringen müsste?

Inzwischen hatte sich mir ein Verdacht aufgedrängt, der sich mit der Zeit immer weiter verfestigte. Ich bin überzeugt, dass es nur diesen einen Grund geben kann, für den Pina dieses jahrelange schmutzige Theater gespielt hat. Sie wollte ihrem Ehemann damit beweisen, wie schlecht seine Eltern sind und dass sie sogar gegen den eigenen Sohn zum Gericht gehen, wobei wir die Notwendigkeit unseres Vorgehens vor allem in der sturen Pina sahen. So erreichte sie, dass André den Kontakt mit uns abbrach, wodurch wir keinen Einfluss mehr auf ihn nehmen konnten. Und sie konnte ihn jetzt davon überzeugen, von München wegzuziehen. Anfang des neuen Jahres 2018 teilte ich meiner Schwiegertochter in einem Brief meinen Verdacht mit. Ein paar Tage später schickte ich ihr auch noch mal eine entsprechende Mail.

Unter anderem schrieb ich ihr, dass ihr doch nicht unser sehr gutes Verhältnis mit André entgangen sein konnte und wir ihm immer nur das Beste wünschten und gönnten. Ich wies darauf hin, wie gut es ihm in München gefiel und wie froh er war, als er sie davon überzeugen konnte, dass sie zu ihm zog. Da sie dort letztendlich eine Familie gründeten und eine Immobilie kauften, wäre das für uns ein Zeichen dafür gewesen, dass Pina in München angekommen war.

Leider erzählte uns André dann aber, dass sie in München nicht glücklich war und wieder nach Köln zurück wollte. Ich erwähnte das erste moderierte Gespräch, für das Pina nur Interesse heuchelte, weil dieses Podium bei ihrer echten Gesprächsbereitschaft ja gar nicht notwendig gewesen wäre. Danach hatte sie geäußert, dass sie sich erstmal weiterhin zurückziehen wollte, „vielleicht zwei Monate oder zwei Jahre oder fünf Jahre". Diese Worte waren uns damals nicht verständlich, aber jetzt wusste ich, was sie damit meinte.

Ich schrieb weiter, dass niemand das Festhalten an diesem sinnentleerten Konflikt, ihre arrogante Ablehnung unseres Friedensangebotes zu ihrem Geburtstag und ihre Verweigerung eines Gespräches nachvollziehen konnte und auch nicht die negative Entwicklung von Andrés Verhalten uns gegenüber.

Dagegen hatten aber alle unsere Verwandten und Bekannten Verständnis für unsere Bemühungen um den Kontakt mit André und unseren Enkelkindern, die immer gerne mit uns zusammen waren, und sie befürworteten auch, dass wir das Gericht eingeschaltet hatten.

Ich nannte Pina die einzige Erklärung für diese inhumane Situation: die egozentrische und perfide Verfolgung ihres Ziels, nach Köln zurückzukommen! Dabei setzte Pina alles daran, dass sich André in München nicht mehr wohlfühlte, dass wir keinen Einfluss mehr auf ihn haben konnten, doch besser dort zu bleiben, er dagegen schlechte Eltern habe, die es gar nicht gut mit ihm meinen, und dass Pina den Kontakt mit den Kindern verhinderte, weil diese sich bei uns wohlfühlten und deshalb vielleicht auch lieber in München bleiben wollten.

Ich schrieb, dass André inzwischen so umgekrempelt wurde, dass er praktisch das Gegenteil seines früheren Lebens lebt und sogar die Bindung zu seiner ganzen Verwandtschaft gekappt hat, während sie den Kontakt mit ihren eigenen Verwandten bestens pflegt.

Ich erwähnte, dass Pina für ihr Vorhaben auch noch alles in die Hände spielte, was wir inzwischen unternahmen.

Damit ihr falsches Spiel nun nicht auffällt, muss sie weiterhin mit aller Kraft den Kontakt zwischen André und uns verhindern.

Und wenn alles in NRW doch nicht so optimal für die junge Familie verläuft, werden wir natürlich schuldig dafür gemacht und die Hassgefühle unseres Sohnes gegen uns werden dadurch nochmals weiter verschärft.

Zum Schluss forderte ich Pina auf, diesen immensen von ihr angerichteten Schaden jetzt endlich wieder in Ordnung zu bringen und dafür zu sorgen, dass André wieder Kontakt mit uns aufnimmt.

Ich erwartete eine Reaktion in den nächsten Wochen, aber nichts geschah. Wie dumm von mir zu denken, dass Pina ihrem Mann jetzt reinen Wein einschenkte!

In der Vergangenheit antwortete André ja immer auf unsere Schreiben an Pina, aber auch er reagierte nicht.

Da nun keine Rückäußerung erfolgte, war für mich klar, dass ich genau richtig lag!

Aber wahrscheinlich hatte Pina dieses Schreiben bei André wieder so zu ihren Gunsten interpretiert, dass ich schlecht dabei aussah! Oder sie hatte den Brief gleich zerrissen und die Mail gelöscht!

Wenn das Fehlverhalten einer Person entdeckt wird, scheint es wohl logisch zu sein, dass diese den anderen, der das herausgefunden hat, nicht mehr in ihr Herz schließen kann. Dazu fiel mir eine Begebenheit ein, die ich vor vielen Jahren erlebt hatte:

Wir machten mehrmals zusammen mit zwei anderen Familien im Winter Urlaub auf einem Bauernhof. Der Bauer hatte für die Getränke gesorgt und jeder konnte sich in der Vorratskammer selbst davon nehmen. In einer Liste mussten alle hinter ihrem Namen einen Strich für jede entnommene Flasche machen, damit zum Schluss entsprechend abgerechnet werden konnte.

Am zweiten Tag unseres Urlaubs ging ich in die Kammer und holte mir ein Getränk. Beim Eintrag in die Liste fiel mir auf, dass neben Andrés Namen mehr Striche waren als bei den anderen Kindern. Ich fragte ihn, ob er schon so viel getrunken hätte, er verneinte das. Dann hatte wohl jemand anderes Striche dorthin gemacht, wo sie nicht hingehörten. Ich überlegte:

Wenn ich André jetzt veranlasse zu sagen, dass jemand ungerechtfertigt Striche neben seinem Namen gemacht hat und dies korrigieren soll, wird er in den nächsten Tagen einen schweren Stand bei den anderen Kindern haben. Also entschied ich mich dazu, etwas zu sagen und ging in das große Zimmer, wo alle Kinder und die Eltern anwesend waren.

„Da hat jemand Striche neben Andrés Namen gemacht für Getränke, die er gar nicht genommen hat", sagte ich laut in die Runde und fuhr fort:

„Ich bitte die Person, die das gemacht hat, die Strichliste zu korrigieren."

Ich setzte mich auf meinen Platz und es dauerte eine Weile, bis ein Mädchen, das oft hochnäsig und ziemlich übermütig war, aufstand und in der Vorratskammer verschwand. Seitdem hat mich das Kind nicht mehr beachtet. Es wurde nicht von seinen Eltern im Beisein aller wegen dieses Vorfalls ermahnt und ich vermute, dass das auch später nicht erfolgte, als die Familie alleine war. Denn diese Eltern brachten ihrem Kind vor den Augen aller Anwesenden bei, wie man andere am besten beschummelt. Sie waren sogar stolz darauf, wenn ihre Tochter erzählte, wie raffiniert sie sich an den Zahlstellen der Skilifte vorbei mogeln konnte.

Auf dem Bauernhof lebte auch die Mutter des Jungbauern. Sie hatte André in ihr Herz geschlossen.

„Er ist so gut erzogen und benimmt sich immer so freundlich und anständig", sagte sie zu mir, als wir an einem Abend nebeneinander am Tisch saßen.

Inzwischen glaubte ich auch verstanden zu haben, warum Pina seinerzeit wegen unseres Umzugs nach Bayern geheult hatte und machte mir einen Reim daraus:

Für André fehlte dadurch jeglicher Anreiz, wieder in die alte Heimat zurückzuziehen. Ob in diesem Zusammenhang schon Pinas Aversion gegen uns begann?

In diesen Tagen gab es in den Medien einen erschütternden Bericht über einen Doppelmord in Nürnberg. Eine junge Frau stiftete ihren Lebensgefährten dazu an, seine Eltern zu töten. Dieser erschlug seine schlafende Mutter mit einem Zimmermannshammer. Danach jagte er seinen Vater durchs Haus und erschlug ihn ebenfalls. Anschließend mauerte das junge Paar gemeinsam die beiden Leichen auf dem eigenen Grundstück ein und meldete kurz darauf die Getöteten als vermisst. Kaltblütig feierten die Beiden dann Weihnachten und Silvester und ihre Hochzeit. Die treibende Kraft hinter diesem Mord war nach Auffassung des Gerichts die junge Frau. Sie habe ihren Partner für sich alleine haben wollen und hatte dem jungen Mann deutlich gemacht, dass seine Eltern weg sollten, was nur durch ihre Tötung zu erreichen war. Später versuchte sie, sich selbst als Opfer hinzustellen, weil ihr Partner sie physisch und psychisch bedroht hätte.

Ich war entsetzt über diese Kaltblütigkeit der beiden jungen Menschen. Ich konnte aber nicht anders, gleichzeitig gewisse Parallelen zu unserer eigenen Situation zu sehen:
Der überaus schlechte Einfluss der oben genannten Täterin ist vergleichbar mit Andrés Manipulation gegen uns durch seine Frau. Der oben genannte Täter sowie auch André tun aufgehetzt und in ihrer blinden Verliebtheit ihren eigenen Eltern schlimmes Unrecht an.
Die Täterin wie auch Pina machen sich selbst zu Opfern, was deren fehlendes Unrechtsbewusstsein zeigt. Können wir vielleicht froh sein, so weit weg zu wohnen von der jungen Familie?

Ende Mai hatte ich ein Klassentreffen in der alten Heimat und das wäre wieder eine Gelegenheit gewesen, André zu treffen. Ich schrieb ihm lange vorher einen Brief an die Adresse seiner Firma. Ich hatte ja nach wie vor den Wunsch nach Versöhnung mit ihm, aber André war auch diesmal nicht zu einem Treffen bereit. Er prangerte meine Überzeugungen gegen seine Frau an und er fühlte sich einem Gespräch mit mir auch nicht gewachsen. Meine Nachfrage, was er damit meinte, wurde nicht beantwortet. Er verbat sich, Post für ihn an seine Firma zu schicken, die ich vorzugsweise dorthin schickte, weil sie ihn hier auf jeden Fall erreichte. Ich wusste, dass Pina Andrés Erlaubnis hatte, seine Post zu öffnen. Ich wollte nicht, dass sie zuerst meine Briefe las und dann den Inhalt nach ihrem Gusto interpretierte und falschen Einfluss auf André nahm.

Anschließend gab es wieder ein paar Schreiben hin und her, auch unsere herzlichen Glückwünsche zu Andrés Geburtstag, aber seine Antworten enthielten viele Widersprüchlichkeiten, die meiner Meinung nach seine Zerrissenheit zeigten. Wir erwähnten, dass wir jetzt wohl am besten einen Schlussstrich ziehen unter unsere Beziehung mit ihm.

Er erwiderte darauf, dass das doch gar nicht möglich ist zwischen Eltern und Kind und äußerte gleichzeitig, wir könnten aber tun, was wir für richtig hielten.

Und zum wiederholten Male empfahl er uns, unbedingt eine Therapie zu machen. Diesen abstrusen Vorschlag empfinde ich so, als würde man zum Beispiel Personen, die malträtiert werden, eine Therapie empfehlen, damit sie ihre schmerzenden Wunden besser ertragen können.

Schon damals entgegneten wir darauf, dass wir nur dann eine Therapie machen würden, wenn dies auch gleichzeitig seine Frau täte (damit sie ihr Verhalten ändert). Er antwortete, dass Pina keinesfalls eine Therapie nötig hätte.

Das könnte man natürlich auch so verstehen, dass Pina in ihrer speziellen Art so gefestigt ist, dass andere Hilfe benötigen, um damit umgehen zu können.

Verkehrte Welt!

Kapitel 17

Inzwischen war ich neugierig geworden, ob sich unsere Schwiegertochter, die ja so vertraut mit den modernen Medien ist, vielleicht auf Kontaktbörsen wie Instagram und Facebook tummelt. Ich selbst war hier nicht Mitglied. Auch ohne Mitgliedschaft war es möglich, Posts bei Instagram zu verfolgen.

Ich fand Pinas Instagram-Adresse auf Anhieb!

Sie hatte schon vor längerer Zeit Fotos ins Netz gestellt von ihren Erlebnissen in München, mit Ansichten von Münchens Umgebung und auch Bilder aus verschiedenen Urlauben. So konnte ich leicht nachvollziehen, wo sie waren, ohne dass wir noch je eine Ansichtskarte von André geschickt bekommen hatten, wie er das früher immer tat.

Pina stellte sich am liebsten selbst dar, sogar auch mit ungünstigen Fotos. Wollte sie mit einem Bild das Mitleid ihrer Abonnenten erregen, auf dem sie mit schräg sitzender Brille einen jämmerlichen Eindruck macht und das Foto unterschrieben ist mit ihren Missgeschicken, unter anderem „Spülmaschine kaputt"? Jedenfalls erhielt sie damit mehr Zustimmung als bei anderen Fotos.

Sie postete ihre Bilder ungefähr einmal monatlich und ich schaute jetzt regelmäßig nach, was es neues auf ihrem Account gab.

Pina schien ein Glückspilz zu sein. Ihre Fotos und kurze Videos zeigten, dass sie einige kleinere und größere Gewinne gemacht hatte. Sie gewann zum Beispiel einen kleinen Teppich für das Kinderzimmer, einen Kurztrip nach Hamburg oder eine Eintrittskarte für ein Rockkonzert. Man fragte sich schon, ob hier alles mit rechten Dingen zuging oder ob Pina gewisse Beziehungen hatte. Aber ihr größter Gewinn ist auf jeden Fall ihr gutmütiger Mann, den sie mit Leichtigkeit um den Finger wickeln kann!

Bald erschienen auch Bilder von Pinas neuer Heimat, die schwärmerisch beschrieben war.

Eines Tages sah ich ein Foto, betitelt „Baustellenromanze". Im Vordergrund stand ein gelbes Butterblümchen im Bauschutt. Im Hintergrund war verschwommen ein eingerüsteter Neubau mit einer erhöhten Terrasse davor zu erkennen. Pina schrieb weiter, dass es nun nicht mehr lange dauern würde mit dem Umzug. Aber wo stand wohl dieser Neubau?

Ein paar Wochen später postete Pina ein Foto betitelt mit „neues Haus, neuer Stil, neuer Lieblingsort". Es zeigte die Innenansicht vor einem großen Fenster über Eck mit ein paar Dekorationsstücken auf der Fensterbank. Also war die junge Familie inzwischen umgezogen, unterließ es aber, uns ihre neue Adresse mitzuteilen. Der etwas unklare Blick durch das Fenster ging auf ein Nachbarhaus mit einer ungewöhnlichen Dachform und es schien die Hauswand zum Garten zu sein. Meine Neugierde trieb mich zu Google Maps! Die jungen Leute hatten doch gesagt, dass sie in die Nähe ihrer besten Freunde ziehen wollten und wir wussten, in welchem Stadtteil unseres alten Heimatortes diese wohnten.

Mit Hilfe dieser ungewöhnlichen Dachform suchte ich nun bei Google Maps, in welcher Straße sich dieses Haus befand. Ich musste lange suchen! Es gab wirklich nur ein einziges Haus mit diesem Aussehen und es stand neben einem älteren Doppelhaus. Ich versuchte nun, den Blick aus dem Fenster hinaus nachzuvollziehen. Leider war Google Maps auf meinem PC eine ältere Version, ein Neubau war nicht zu entdecken! Die Hausnummer und den Straßennamen hatte ich auf diesem Weg aber jetzt herausgefunden! Ich kam mir vor wie eine Detektivin, die zuerst die Arbeitsstelle von André im Internet herausfand und jetzt seinen neuen Wohnsitz!

Einige Freunde aus unserer alten Heimat kannten längst unsere tragische Geschichte und ich berichtete einer Freundin regelmäßig, was bei uns vor sich ging. Ich hatte ihr auch von unserem bedrückenden Erlebnis im Dunkeln vor der denkmalgeschützten Villa erzählt und welche Autos mit welchen Kennzeichen das junge Paar hatte.

Eines Tages radelte diese Freundin am Haus der jungen Familie vorbei und sah Pinas Auto vor der Türe stehen. So lag ich also mit der neuen Adresse richtig!

Ein anderes befreundetes Ehepaar spazierte einmal an einem Freitagnachmittag durch die Straße, in der sich das Haus der jungen Familie befindet. Sie erkannten André vor der Tür, er aber hatte das Paar nicht gesehen. Vor dem Haus war ja auch allerhand los, was uns die Bekannten abends telefonisch berichteten.

„Stellt euch vor", sagte die Freundin,

„vor dem Haus eures Sohnes stand ein Lieferwagen von einer Gärtnerei und ein Fernsehteam."

Der Name der Sendung, für die hier offensichtlich ein Film gedreht wurde, fiel ihr nicht ein. Aber Hans und ich wussten Bescheid.

„Da gibt es doch die Sendung rund um Blumen und Sträucher, in der ein Gärtner auch private Gärten gestaltet", erklärte ich der Freundin und dann erinnerte sie sich, dass sie schon häufiger solche Beiträge im Fernsehen gesehen hatte.

Wir sahen in unserer Fernsehzeitschrift nach, wann diese Gartensendung auf dem Programm stand. Schon am kommenden Dienstag konnten wir uns den Film ansehen.

Die Aufnahmen zeigten das neue Haus von oben und von der Seite. Der bekannte Gärtner klingelte an der Haustür, über der die Hausnummer groß prangte, und Pina, André und Tinka kamen heraus. Das Mädchen war an der Hand seiner Mutter und machte einen scheuen Eindruck. Die Drei wurden den Zuschauern vorgestellt und in welchem Ort sie wohnen. Der nach Norden ausgerichtete kleine Vorgarten sollte gestaltet werden, wofür der Sender eine Menge verschiedener Pflanzen angeliefert hatte. Nach der Anleitung des Gärtners mussten die Hausbesitzer Löcher graben und die Pflanzen und Sträucher einsetzen.

André wurde befragt, was für ihn wichtig ist.

„Pflegeleicht muss der Vorgarten sein", antwortete er lachend.

Er schien mit sich und der Welt zufrieden zu sein.

Pina sagte etwas spröde, als wären ihr die Worte in den Mund gelegt worden, dass für sie blühende Pflanzen wichtig sind, die vor allem Bienen anziehen.

Am Schluss der Sendung wurden die Zuschauer darüber informiert, was die Gestaltung dieses Vorgärtchens kostete. Der Preis belief sich auf ungefähr 750 Euro, die der Sender bezahlt hatte.

Wir gingen davon aus, dass Pina sich um diese Aktion gekümmert hatte, denn André hatte doch bestimmt für so etwas keine Zeit. Sie hatte also schon wieder einen stattlichen Gewinn gemacht!

Für ein Treffen mit André hätte es eine weitere Möglichkeit Anfang November gegeben, weil wir zum Geburtstag eines guten Freundes in der alten Heimat eingeladen waren. Hans und ich informierten André rechtzeitig darüber und baten um ein Treffen. Und wieder verweigerte er ein Gespräch mit uns, weil er sich von uns nicht verstanden fühlte. Und an die Mitteilung seiner neuen Adresse war nach wie vor nicht zu denken!

Ab diesem Zeitpunkt sandten wir per Mail nur noch herzliche Glückwünsche zu den Geburtstagen unserer Enkelkinder, wobei wir aber leider davon überzeugt sind, dass diese ihnen gar nicht ausgerichtet wurden.

Und ob den beiden Mädchen unsere letzten Geschenke, die sich ja angeblich wegen des Wegzugs in den Umzugskartons befanden, wirklich nach dem Auspacken gegeben wurden, wissen wir nicht, weil sie von ihren Eltern auch diesmal nicht dazu angehalten wurden, sich dafür bei uns zu bedanken.

In diesem Herbst wurde eine Führung in einem Krematorium in der Nähe unseres Wohnortes angeboten. Die Urnenbestattung kam bis dahin für mich eher nicht in Frage. Ich sagte immer, dass ich das wie zweimal sterben empfand. Und konnte man sich sicher sein, dass in der Urne wirklich die Asche des verstorbenen Angehörigen war?

Wir meldeten uns an und waren erstaunt, wie viele Leute bei der Führung anwesend waren, die etwas über diesen gruseligen Ort erfahren wollten und was dort vor sich geht.

In diesem Krematorium gibt es zwei Verbrennungsanlagen, einige Meter voneinander entfernt. Es ist also gar nicht möglich, dass sich die Asche von zwei Verstorbenen miteinander vermischt. Die Öfen sind mit 700 Grad heißen Schamottesteinen ausgestattet. Wenn der Verstorbene hinein gefahren wird, löst sich der Sarg sofort auf. Der Leichnam verbrennt nicht, sondern er verdampft, weil der Mensch zu siebzig Prozent aus Wasser besteht. Je nach Statur dauert dieser Prozess unterschiedlich lange.

Im hinteren Bereich der Öfen ist ein Guckloch, durch das der Mitarbeiter des Krematoriums sehen kann, ob nur noch die Knochen des Verstorbenen übrig geblieben sind. Nun kommt die gruseligste Arbeit: Die Knochen werden aus dem Ofen geholt, in einer Mühle klein gemahlen und in die Urne gegeben. Es bleiben ungefähr fünf Kilogramm des menschlichen Körpers übrig.

Nach dieser Besichtigung führte uns der Bestatter auf den Friedhof nebenan, der allerdings keine herkömmlichen Gräber hat. Er kann verglichen werden mit einem Friedwald. Die eingelassenen Urnen befinden sich auf einer weitläufigen Wiesenanlage und mittels kleiner Schildchen können die Angehörigen die Gräber ihrer Verstorbenen wiederfinden.

Der Bestatter ging mit uns weiter zu einem Bereich für anonyme Gräber. Die Urnen wurden hier ohne Beisein der Angehörigen in die Wiese eingelassen und kein Schild zeigt an, wo sich die Grabstelle befindet. Der Bestatter lehnte die anonymen Bestattungen grundsätzlich ab.

„Die Angehörigen kommen nicht damit zurecht, wenn sie keine eigene Stelle zum Trauern haben und nicht genau wissen, wo das Grab des Verstorbenen ist", sagte er.

Er erzählte von einem Fall, in dem die Angehörigen darum baten, die genaue Grabstelle genannt zu bekommen, weil sie eine Grablampe oder Blumen dort hinstellen wollten. Der Bestatter konnte ihnen darauf nur sagen, dass er es selbst nicht weiß. Zum Trost der Hinterbliebenen war inzwischen ein Platz mit Blumen eingerichtet worden, wo sie an Stelle eines Grabes ihre Kerzen aufstellen konnten.

Der Bestatter empfahl weiter, dass man doch unbedingt die eigene Beisetzung, so wie man sie sich selbst wünscht, bei Zeiten regeln sollte. Das taten wir längst!

In unserer Situation kommen wir uns nämlich vor wie Eltern, die ihr Kind verloren haben, aber keine Stelle zum Trauern haben, die wir ab und zu besuchen könnten

Instagram gab mir das Gefühl, dass ich wenigstens auf diesem Wege ein wenig am Leben der jungen Familie teilnahm, wie erbärmlich! So neigte sich ein weiteres Jahr ohne irgendwelche Kontakte mit André und den Enkelinnen dem Ende zu.

Ich wurde auf das Buch einer prominenten Frau aufmerksam und kaufte es mir. Sie erzählt über ihre Zugehörigkeit zu einer Sekte und deren Einflussnahme auf sie und wie sie irgendwann den Absprung schaffte. Sie hatte ein Erlebnis, das ihr die Augen öffnete.

Ich las das Buch in der Hoffnung hier zu finden, wie André befreit werden konnte. Denn für mich war inzwischen klar geworden, dass er beherrscht wird wie ein Sektenmitglied.

Mittlerweile meinte ich zu erkennen, dass Pina das Verhalten einer Narzisstin an den Tag legt. Das beste Beispiel für solche Charaktere ist augenblicklich Donald Trump. Diese Personen haben keinerlei Empathie für ihre Mitmenschen, sind selbst aber überempfindlich. Sie verunglimpfen andere und sind nur wohlwollend denen gegenüber, die ihnen Vorteile bringen. Mit der Wahrheit nehmen sie es auch nicht so genau und ihnen fehlt das Unrechtsbewusstsein. Sie kritisieren andere und können mit der Kritik an ihnen selbst nicht umgehen.

Ich nahm im Internet Kontakt auf mit einer Community, die sich mit dem Umgang mit Narzissten beschäftigt und deren Mitglieder eigene Erfahrungen mit solchen Menschen haben. Ich beschrieb den Ansprechpartnern unsere miese familiäre Situation und letzten Endes bestätigten sie, dass sie diese Persönlichkeitsstörung bei unserer Schwiegertochter auch erkennen.

Kapitel 18

Dann kam das Jahr 2020.

Tinka wurde jetzt neun Jahre alt. Sie müsste im dritten Schuljahr sein und in diesem Jahr mit zur Erstkommunion gehen. Die Kinder des Stadtteils, in dem André mit seiner Familie jetzt wohnt, können in verschiedene Grundschulen in anderen Stadtteilen gehen. Der Ortsteil ist nur eine reine Wohngegend ohne Infrastruktur.

Wir konnten uns nur vorstellen, dass Tinka die Grundschule besuchte, in die auch einst ihr Vater ging, und dann würde sie auch in der gleichen Kirche zur Erstkommunion gehen, aber sicher waren wir uns nicht.

Wir wollten Tinka ein Geschenk zu diesem Familienfest machen und fragten ihre Eltern per Mail, was wir ihr schenken könnten. Wen wundert es, dass keine Reaktion darauf erfolgte!

Wir kamen auf die Idee, einen Brief an die Pfarrei zu schreiben. Wir schilderten dem Pfarrer unsere Situation ausführlich und hofften, dass er uns als Seelsorger helfen und ein persönliches Gespräch mit unserem Sohn führen würde. Es war ja üblich, dass die Geistlichen vor der Erstkommunion die Familien der Kommunionkinder zu Hause besuchten.

Aber es kam keine Reaktion und sechs Wochen später sandten wir den gleichen Brief noch einmal an den Pfarrer. Nun antwortete er, aber leider in unbefriedigender Weise.

Er ging auf den Inhalt unseres Schreibens gar nicht ein, schlug aber vor, das Geschenk für Tinka an die Pfarrei zu übermitteln. Wir hatten ihm ja mitgeteilt, dass uns bisher die Adresse der jungen Familie nicht genannt wurde. Das Geschenk sollte dann an die Eltern weiter gegeben werden. Der Pfarrer hatte unseren Brief wohl nicht aufmerksam gelesen!

Wir schrieben zurück, dass Tinka mit ihren neun Jahren doch wohl alt genug sei, das Geschenk selbst entgegen zu nehmen!

Aber nun wussten wir genau, wo Tinka zur Schule ging und dass sie in der Kirche zur Erstkommunion ging, in der wir geheiratet

hatten, in der unser Sohn getauft wurde, in der er selbst zur Erstkommunion ging und wo er sich einige Jahre als Pfadfinder betä-
tigte!

Dann kam Corona!

Wir hatten vorgehabt, nach NRW zu fahren und an der Messe zur
Erstkommunion teilzunehmen, um auf diese Weise unseren Sohn
und unsere Enkelkinder wenigsten aus der Ferne sehen zu können. Um aufzufallen, wollte ich mich bei dieser Feier so kleiden,
dass ich dem Kommunionkind und seinen Eltern sofort ins Auge
fiel. Und auch Hans sollte auffällig gekleidet sein. In unserem
früheren Heimatort war das möglich, wenn wir in Dirndl und Trach-
tenanzug erschienen! Mir war auch in den Sinn gekommen, einen
riesigen Luftballon, vielleicht mit unseren Konterfeis darauf, in die
Höhe zu halten, wenn nach der Messfeier alle Teilnehmer die Kirche verließen und darauf warteten, dass die Kommunionkinder in
einer Reihe an ihnen vorbeizogen.

Dieser Traum war geplatzt!

Alle Berichte aus Nordrhein-Westfalen im Zusammenhang mit
Covid-19 beunruhigten mich und dann fragte ich irgendwann bei
André nach, ob bei ihm und seiner Familie alles in Ordnung ist.
Glücklicherweise antwortete er diesmal und teilte mit, dass alle
gesund sind. Er unterließ es aber nachzufragen, ob wir denn auch
gesund sind.

Der Umzug nach NRW wurde damals vor dem Familiengericht damit begründet, dass André und Pina wieder in die Nähe ihrer
Freunde ziehen wollten. André hatte diese in den vielen Jahren in
München nicht vermisst, weshalb ich davon ausgehe, dass Pina
zu ihren Freundinnen zurück wollte, um mit diesen wie in ihrer
Junggesellinnenzeit in Köln ab und zu auszugehen, sich mit ihnen
zum Shopping oder sonstigen Unternehmungen zu treffen. Wie
geht Pina wohl damit um, dass sie nun durch Covid-19 an derartigen Treffen gehindert wird?

Bald bot sich eine andere Gelegenheit, die Enkelkinder auf uns aufmerksam zu machen. Unser guter Freund, den wir damals an seinem Geburtstag besucht hatten, berichtete davon, dass seit dem Frühjahr an einem kleinen See, nicht weit vom Wohnort unseres Sohnes entfernt, eine Steinschlange liegt, die täglich länger wird. Er sandte zahlreiche Fotos von bemalten Steinen. An diesem See gehen bei gutem Wetter viele Einheimische und auch Bewohner der nahen Großstadt gerne spazieren. So fiel doch sicher zahlreichen Passanten beim Vorbeigehen die Steinschlange ins Auge.

Solche Steinschlangen hatten wir auch schon in unserer Gegend gesehen. Kinder und Erwachsene legen selbst bemalte Steine ab und jeder kann hier seiner Phantasie freien Lauf lassen.

„Das ist doch die Idee", sagte ich zu Hans.

„Ich male einen Grußstein und wir bitten unseren Freund, ihn an die Schlange zu legen! Die Familie geht doch bestimmt ab und zu dort spazieren und wird den Stein dann sehen. Oder Freunde oder Klassenkameraden von Tinka sehen ihn und sagen ihr Bescheid!" Wir fragten unseren Freund, ob wir ihm diesen Grußstein schicken könnten und er sagte zu. Aber zunächst musste ja noch ein passender Stein gesucht werden!

Bei einem Spaziergang fand ich, was ich brauchte. In der Nähe einer alten Stadtmauer lagen Reste von Dachziegeln herum, die perfekt zum Beschriften und Bemalen waren. Ich nahm sie mit nach Hause und Hans schnitt sie nach meinen Wünschen zurecht.

Schon jetzt war uns klar, dass der Grußstein wahrscheinlich nicht lange in der Steinschlange liegenbleiben würde. Wenn die Enkelinnen ihn sehen, gäbe das wohl unangenehme Fragen an die Eltern! Diese würden den Stein bestimmt so schnell wie möglich verschwinden lassen!

Bald machte ich mich ans Werk. Ich grundierte einen relativ großen flachen Ziegelrest mit blauer Acrylfarbe. Ich malte weiße

Punkte am Rand entlang und schrieb mit weißer Farbe: OMA + OPA grüßen TINKA + VERENA UND IHRE ELTERN.

Rechts und links davon malte ich ein paar rote Blumen. Den wunderbar leuchtenden Stein lackierte ich anschließend zweimal, um so das Kunstwerk für jedes Wetter haltbar zu machen. Ich vergaß auch nicht, das Datum der Ablage auf den Stein zu schreiben. Pfingsten legte ihn unser Freund an den Anfang der Schlange und fügte noch einen kleinen Stein in Form eines Wichtels hinzu, auf dessen Mütze „Hope" stand. Wir dankten es ihm mit einer Schachtel Pralinen.

Der Grußstein blieb genau einen Monat an seiner Stelle liegen, der Hope-Stein wurde nicht entwendet!

Die Freundin, die mit dem Fahrrad am Haus unseres Sohnes vorbeigefahren war, entdeckte, dass der Grußstein weg war und informierte uns sofort.

Wie gut, dass ich noch weitere Dachziegelreste mitgenommen hatte! Nach Rückfrage bei dem guten Freund, ob er nochmal einen Stein ablegen würde, und seiner Zusage bemalte ich das zweite Ziegelstück, welches nicht ganz so groß war wie das erste. Diesmal grundierte ich den Ziegel mit roter Farbe und schrieb in weiß:

OMA + OPA grüßen nochmal TINKA + VERENA + IHRE ELTERN.

Am Rand malte ich blaue Blumen und blaue Herzchen und das Datum.

Ich hatte inzwischen noch ein paar andere kleine Steine mit nach Hause genommen und bemalte auch diese. Passend zu dem Wichtel mit der „Hope"-Mütze bemalte ich einen Stein mit einem roten Herz. Auf einen Stein in Form eines Dreiecks schrieb ich „PEACE!" auf weißen Grund. Auf den vierten Stein malte ich einen Fuß und schrieb darauf „EIN SCHRITT ZUM FRIEDEN". Diese vier Steine, die direkt neben dem bemalten Ziegelrest lagen, waren in wenigen Tagen verschwunden und das rote Kunstwerk blieb vierzehn Tage liegen!

Die Steinschlange ist bei Facebook eingetragen und wegen ihr meldete ich mich jetzt auf diesem Portal an. Nur als Mitglied kann man nämlich die Einträge anderer Facebook-Teilnehmer sehen. Auf der Seite der Steinschlange konnte ich nachlesen, dass im Laufe der Zeit leider viele bemalte Steine entwendet oder von Jugendlichen in den See geschossen wurden. Wie ärgerlich für die Initiatorinnen und die kleinen und großen Künstler, die sich solche Mühe gemacht hatten!

Ich postete nacheinander meine Steine und teilte mit, dass sie entwendet wurden. Einige Mitglieder kommentierten meine Einträge und es tat ihnen leid, dass die Steine weg waren.

Wir konnten uns nicht vorstellen, dass Jugendliche meine schweren Ziegelreste irgendwohin kickten und welcher Fremde sollte Interesse daran haben, sich Steine mit solch einer persönlichen Widmung in seinen eigenen Garten zu legen?

Längst hatte ich eine Idee für den dritten Stein und der Freund war nochmals bereit, ihn in die Schlange zu legen. Dieser Dachziegelrest war relativ groß und ich grundierte ihn mit weißer Farbe. Auf die rechte Seite malte ich eine lächelnde Prinzessin im silbernen Kleid mit silberner Krone auf den braunen Haaren, die zu Zöpfen geflochten waren. Daneben schrieb ich in schwarzer Farbe:

OMA + OPA grüßen zum 3. MAL TINKA + VERENA + IHRE ELTERN.

Das aufgeschriebene Datum war Andrés Geburtstag.

Auf die Rückseite dieses Kunstwerkes schrieb ich:

„BIG BROTHER IS WATCHING YOU!!

Und weiter:

DIESER STEIN IST WIE EINE HYDRA, DESHALB: BESSER LIEGEN LASSEN!!

Ich hatte noch einen kleinen Stein übrig. Auf seine beiden Seiten malte ich ein rotes Herz. Auf die eine Seite schrieb ich „Happy Birthday" und auf die andere „44 Jahre".

Die Initiatorinnen kontrollierten ihre Steinschlange inzwischen regelmäßig und ordneten die noch vorhandenen Steine. Sie hatten auch meinen Stein im Blick und teilten auf Facebook mit, dass er immer noch vorhanden ist. Er blieb am längsten an seinem Platz: genau sieben Wochen!

Inzwischen war es Herbst geworden. Ich bemalte noch drei kleine Steine mit bunten Blättern und grüßte die Enkelinnen zum vierten Mal. Vielleicht sehen die Mädchen das ja noch, ehe die Steinschlange für die Winterruhe eingesammelt wird.

Wie ich vor fünf Jahren bei unserer Messinghochzeit, dem fünfundvierzigsten Hochzeitstag, befürchtet und geäußert hatte - dass wir, aus welchen Gründen auch immer, unsere Goldhochzeit vielleicht gar nicht feiern können - ist es uns wegen der angeordneten Einschränkungen durch Covid-19 tatsächlich nicht möglich, dieses besondere Fest im Kreise der Familie zu feiern.

Epilog:

Das Schreiben dieses Buches war für mich wie eine Therapie. Ich wurde dazu inspiriert durch einen Fernsehfilm, dessen Inhalt mich sehr angerührt hatte. Es ging darin um das Sorgerecht für die gemeinsame Tochter eines geschiedenen Paares, welches auf Antrag der Mutter neu entschieden werden sollte. Bei der Befragung geriet das achtjährige Mädchen in Panik: Es wollte lieber tot sein, als mit seinem Vater zu tun zu haben. Das Kind wurde von der Mutter so manipuliert, dass es den Vater, mit dem es immer gerne zusammen war, jetzt auf einmal hasste. Ich sehe hier die Parallele der erfolgreichen Manipulation in dieser hier vorliegenden Geschichte, wobei zu befürchten ist, dass auch die beiden Enkelinnen entsprechend beeinflusst wurden.

Bei Durchsicht der umfangreichen Korrespondenz zwischen André und uns wurde deutlich, wie sehr er sich in diesen wenigen Jahren veränderte. Vom liebevollen Sohn mit besten Charaktereigenschaften entwickelte er sich so, als wäre er jetzt unser Gegner, verschwörerisch angestachelt von seinem näheren familiären Umfeld. Da er sich an das Verhalten seiner Frau angepasst hat, scheint er nun sogar seine gute Kinderstube auszublenden, wobei aber unsere Hoffnung bleibt, dass er sich weiterhin gegenüber Kollegen, Freunden und anderen Personen, denen er begegnet, korrekt zu verhalten weiß. Trotz allem vermissen wir André. Nicht so, wie er jetzt ist, aber so, wie er damals war.

Wenn wir in München ankamen und freudestrahlend von Tinka begrüßt wurden, bot uns André immer ein Getränk an, weil er meinte, dass wir nach der zweistündigen Autofahrt bestimmt durstig waren. Nie bot uns Pina etwas zu trinken an.
In der Rückschau erinnere ich mich, dass sich André während unserer Besuche in gewisser Weise immer verkrampft verhielt. Er

war nicht mehr so unbeschwert, wie wir ihn als jungen Mann erlebten. Ich frage mich jetzt, ob er ständig auf der Hut war aus Sorge davor, dass Pina zu schnell beleidigt sein und aus der Haut fahren konnte, weshalb es dann zu weiterer Auseinandersetzung kommen konnte. André selbst war, wie auch seinem Vater, Streit zuwider. Eigentlich musste André aber auch wissen, dass seine Eltern nicht so leicht aus der Ruhe zu bringen waren oder schnell beleidigt reagierten.

Mehrmals erwähnte André seine Ohnmacht, diesen Konflikt nicht lösen zu können. Unserer Meinung nach zeigte er damit seine Verzweiflung über die Sturheit seiner Frau, die unbeirrt an diesem unsinnigen Streit festhielt. Er äußerte auch ein paar Mal, dass wir ihm in unserer Trauer über diese verfahrene Situation sehr leidtun. Dann hatte er doch wohl zu diesem Zeitpunkt nicht die Schuld daran auf unserer Seite gesehen.

Wir bettelten regelrecht immer wieder um den Frieden mit dem jungen Paar und hofften bis zuletzt, dass wir daran gehindert würden, das Familiengericht einzuschalten. Andererseits hielten wir diesen Schritt aber auch für André notwendig, weil er sich ja nicht gegen seine Frau behaupten konnte. Unser vordringliches Ziel war, mit juristischer Hilfe wieder zu einem friedlichen Familienleben zurück zu kommen. Aber statt einzusehen, dass sich André und Pina auch ihren Kindern gegenüber nicht korrekt verhalten, wenn sie den Kontakt mit den geliebten Großeltern verhindern, wurde noch die Verleumdung unseres angeblichen Alkoholmissbrauchs oben draufgesetzt.

So wie sich unsere Schwiegertochter beharrlich einem Gespräch mit uns verweigert, tut das jetzt auch unser Sohn. Wer aber einem klärenden und versöhnenden Gespräch aus dem Wege geht, hat keine überzeugenden Argumente und trägt die Schuld an einem bestehenden Konflikt. Normalerweise bekommen alle eine zweite Chance. Wir aber bekamen noch nicht einmal die erste, um in einem persönlichen Gespräch André unsere Beweggründe für unser Verhalten zu erklären.

Gleichzeitig versuchen wir André zu verstehen, weil er sich immer mit uns auseinandersetzen musste anstelle von Pina, die ihn stets alleine ließ und ihn als ihren „Beschützer" für ihr Fehlverhalten missbrauchte. Leider kann André wegen seiner blinden Liebe zu seiner Frau deren Missbrauch nicht erkennen. Genauso wenig erkennt er, dass sie bewusst einen Keil zwischen ihn und uns getrieben hat.

André unterliegt dem Einfluss seines verschwörerischen direkten Umfelds, weil er nur damit Kontakt hat und nicht mit seinen Eltern.

Durch den damaligen Mailkontakt mit seinen Schwiegereltern wurde uns deutlich, wie wichtig ihnen die Versorgung ihrer nicht ganz einfachen Tochter durch die Ehe mit unserem Sohn ist, der ja so gut mit Pina umgehen kann. Obwohl wir nie eine Trennung des jungen Paares betrieben haben, war ihre Sorge, dass deren Ehe durch uns in Gefahr geraten könnte und so sind wir uns sicher, dass sie beteiligt sind an der Verschwörung gegen uns. Pinas Eltern können oder wollen nicht erkennen, dass die Ehe durch das Fehlverhalten ihrer Tochter gefährdet werden könnte.

Pina hat wohl eine berufliche Ausbildung, die ihr im Falle einer Trennung ein Auskommen sichern könnte. Allerdings wären Berufstätigkeit und gleichzeitiges Kümmern um ihre Kinder und den Haushalt eine Herausforderung für sie, die sie wahrscheinlich nicht erleben möchte. So ist André mit seinem guten Einkommen praktisch ihre Versicherung für ein angenehmes Leben. Ihm gegenüber scheint sie sich stets wohlwollend zu verhalten und somit glaubt er an ihre ehrliche Liebe.

Pina hatte allerdings gar keine Skrupel, sich über seine frühere Gefühlswelt und seine gute Beziehung mit uns einfach kalt hinwegzusetzen und uns gleichzeitig als seine Eltern schlecht zu machen. Auf diese Weise setzte sie sich selbst ins rechte Licht und lenkte von ihrer Hinterlist ab, einen Keil zwischen André und uns zu treiben, um so ihr Ziel zu erreichen, nämlich den Umzug ins Rheinland.

Sie hatte vor allem kein Problem damit, André mit dem geschilderten Schmierentheater München so zu verleiden, dass er wegen allen zuletzt hier gemachten negativen Erfahrungen schließlich bereit dazu war, wieder in seine frühere Heimat zurückzuziehen.

So ist meiner Meinung nach Pinas Glück, jetzt wieder in der Nähe von Köln in einem viel größeren Haus zu wohnen, weit weg von den Schwiegereltern, aber nun wieder viel näher bei ihren Eltern, auf einer fetten Lüge und auf dem Schaden anderer aufgebaut.

Jetzt muss sie dieses Schmierentheater weiterspielen bis ... ja bis hoffentlich eines Tages die Wahrheit ans Licht kommt!

Ob dieses erzwungene Glück auf Dauer Bestand haben kann?

Die Würde des Menschen ist unantastbar! Mit unseren intensiven Bemühungen um ein friedliches Familienleben haben wir niemals die Würde unserer Schwiegertochter und die unseres Sohnes verletzt, was er uns dagegen leider häufiger in seinen Schreiben vorwarf. Freunde und Verwandte bewundern uns, was wir alles für den Kontakt und den Frieden mit der jungen Familie getan haben. Keiner unserer Verwandten und Bekannten kann Andrés Verhalten uns gegenüber verstehen. Er hätte gleich zu Beginn des Konfliktes bei Pina die Zügel anziehen und genauso zu seinen Eltern stehen müssen wie Pina zu ihren Eltern steht.

Leider scheint Pina mit ihrem ungezogenen Verhalten von ihrem Mann und ihren Eltern uneingeschränkten Rückhalt zu haben. So muss sie ja bei sich selbst auch gar nichts ändern und, wie ihre Eltern es formulierten, müssen die anderen sie so nehmen, wie sie eben ist, und damit klar kommen.

Mein Sohn, der sich dagegen leider so verändert hat, dass wir ihn nicht mehr erkennen können, ist mir trotzdem viel zu schade für diese intrigante Ehefrau! Wir machen uns große Sorgen um ihn!

Ist es wirklich möglich, dass ein Mensch aufgrund einer verschwörerischen Gehirnwäsche für immer seine eigene Identität und seine Herkunft völlig ausblenden kann? Nachdem André jetzt wieder in seinem Geburtsort lebt, müsste er doch ständig seiner eigenen Vergangenheit begegnen, mit vielen Erlebnissen auch zusammen mit seinen Eltern.

Hat André wirklich kein Interesse daran, seinen Töchtern zu erzählen, was er als Kind und Jugendlicher erlebt hat? Wird er nicht mit ihnen an seinem Elternhaus vorbeispazieren aus Angst vor der Erinnerung? Und wird ihn wirklich nicht eines Tages sein Gewissen plagen, weil er so ungerecht mit seinen Eltern umgegangen ist? Diese Gewissensbisse würde ihm dann niemand abnehmen, schon gar nicht seine Ehefrau!

Psychologen sagen, dass niemand davor gefeit ist, auch Gebildete und Menschen mit beruflicher Verantwortung nicht, einer Verschwörung auf den Leim zu gehen. Es sind Menschen, die wenig stressresistent sind und die plötzlich eine unangenehme Situation nicht mehr aushalten können. Dabei erleiden sie Kontrollverlust.

André hatte uns oft genug mitgeteilt, dass er Gefühle der Ohnmacht hatte und nicht fähig war, diesen unsinnigen Konflikt zu lösen. Das hatte bei ihm wahrscheinlich eine große Stressreaktion ausgelöst. Bei dem Versuch, aus dieser Situation herauszukommen, neigte er anscheinend zu sehr einfachen Antworten und Erklärungen. Demzufolge nahm er auch nur noch die Informationen auf, die dazu passten.

Wir hatten André davon berichtet, dass alle Leute, die unsere Geschichte kennen, sein Verhalten uns gegenüber nicht verstehen können.

Er antwortete darauf, dass seine Ansprechpartner ihn sehr gut verstehen könnten. Aber wer sind die Gleichgesinnten, die ihn bestärken? In erster Linie sind das Pina, die Angst vor der Entdeckung ihrer Hinterlistigkeit hat, und ihre Eltern, denen die eheliche Versorgung ihrer Tochter wichtig ist. Ich kann kaum glauben, dass André seinen Freunden unsere ganze Problematik erzählt hat, denn das müsste doch eigentlich eine Niederlage für ihn sein.

André fand ein Feindbild, nämlich seine Eltern, auf die er wegen der Einschaltung des Gerichtes mit dem Finger zeigen kann und er ist jetzt ein Opfer. Damit gibt er sich das Gefühl zurück, er hätte wieder die Kontrolle.

Allerdings ist er nicht bereit, noch etwas zu tun und zu kämpfen. Stattdessen hat er sich ganz zurückgezogen und ist für seine Eltern praktisch nicht mehr erreichbar, was sich darin zeigt, dass er ihnen seine Adresse nicht nennt, keine Schreiben von ihnen beantwortet und schon gar nicht zu einem Treffen mit ihnen bereit ist.

Ist es wirklich möglich, dass jemand aus Liebe zu seiner Partnerin auf Dauer gegen seine ursprünglichen eigenen Überzeugungen und Interessen lebt und handelt? Viele seiner ihm früher sehr wichtigen Interessen hat André aufgegeben, wie zum Beispiel Wandern und Skifahren in den Alpen oder Urlaub im Süden Europas. Früher war ihm eine kurze Anfahrt zu seinem Arbeitsplatz wichtig, heute steht er dafür täglich mehrere Stunden bei der Hin- und Rückfahrt im Stau.

Während André fast alles aufgegeben hat, hat Pina gar nichts aufgegeben und genießt alle Vorteile, die sie durch die Ehe mit ihm geboten bekommt.

Für André waren seine Eltern früher genauso wichtig wie für jeden anderen, der nur Gutes von diesen erfahren hat. Kann er als friedliebender Mensch wirklich den Unfrieden mit ihnen auf Dauer ertragen?

Glaubt André allen Ernstes, dass seine Schwiegereltern zu ihm halten und ihn verteidigen würden, wenn es Probleme zwischen ihm und Pina geben würde? Das wäre doch wirklich unrealistisch und einzigartig auf der Welt!

Im März 2016 haben wir unsere Enkelkinder zum letzten Mal gesehen, da waren Tinka fünf Jahre und Verena zwei Jahre alt. An diesem Punkt ist für mich die Welt meiner Familie stehengeblieben. Ich sehe nur junge Eltern mit kleinen Mädchen dieses Alters. Wenn ein Kind auf der Straße mit heller Stimme „Oma" ruft, drehe ich mich dorthin um, als wäre ich gemeint. Ältere Mädchen dagegen fallen mir nicht auf.

Wir wären unseren Enkelkindern gerne gute Großeltern gewesen, es wurde uns leider nicht gegönnt. Eine Bekannte aus der alten Heimat sagte einmal zu mir, als ich noch gar keine Großmutter war:

„Ihr werdet bestimmt wunderbare Großeltern sein."

Was wird unseren Enkelinnen wohl über uns erzählt?

Erzählen ihnen die Eltern, dass wir nicht mehr leben?

Verbieten sie ihnen, nach uns zu fragen? Das müsste die Kinder aber eigentlich besonders neugierig machen.

Oder lügen die Eltern sie sogar an, dass wir an unseren Enkelinnen gar kein Interesse haben?

Vielleicht sagen sie den Mädchen, dass wir ihren Eltern nur Verdruss machen.

Denn würden die Eltern unseren Enkelinnen Gutes über uns erzählen, würden die Kinder in ihrer Naivität doch nicht verstehen, warum wir dann keinen Kontakt miteinander haben.

Diese Eltern hebeln die Gesetze hinsichtlich des Wohles ihrer Kinder aus. Denn Kinder brauchen ihre Großeltern mütterlicher- und väterlicherseits. Diese können ihren Enkelkindern etwas geben, was die eigenen Eltern ihren Kindern nicht geben können, und das trägt zu ihrem Wohle mit bei. Aber wo kein Kläger ist, da ist kein Beklagter.

Vielleicht machen wir uns gegenüber unseren Enkelinnen auch schuldig. Aber wer klagt schon, wenn man sich damit eher Nachteile einhandeln kann, wie zum Beispiel eine traumatisierende Verleumdung, die noch viel schwerer wiegt als die vorliegende?

Aber vielleicht hat ja irgendwann einmal mein Grußstein in der Steinschlange einen Einfluss auf die traurige Situation?

Bei der umfangreichen Korrespondenz zwischen uns und André wollte ich oft vieles deutlicher ausdrücken, aber Hans ermahnte mich immer dazu, diplomatischer zu sein und ich ließ mich darauf ein in der Hoffnung, dass sich André nicht immer weiter von uns entfernt. Leider hat alle Diplomatie bisher wenig genützt.

Ich bin mir sicher, dass wir heute, egal wie wir uns verhalten hätten, in der gleichen Situation wären. Ohne physisch anwesend zu sein hat Pina dafür gesorgt, dass der Frieden zwischen André und seinen Eltern zerstört wurde. Sie scheint ganze Arbeit geleistet zu haben.

In einer seiner letzten Mails teilte André mit, dass Pina die erste Bezugsperson für seine Kinder ist. Wegen seiner beruflichen Tätigkeit hat er ja leider nur wenig Zeit für sie. Dieser Hinweis beunruhigt mich. Werden ihm seine Kinder auf Dauer so fremd, dass sie im schlimmsten Falle zu ihrer Mutter stehen und ihren Vater eher ablehnen könnten?

Hoffentlich kann André gerecht bleiben, wenn sich seine Kinder von Pina falsch behandelt fühlen und ihn um Hilfe bitten. Auf jeden Fall wünsche ich ihm, dass seine Kinder alle Zeit zu ihm stehen!

Zahlreiche Bekannte erzählten uns, dass sie ähnliche Fälle wie unsere hier beschriebene Situation kennen. Man kann den Eindruck bekommen, dass es eine bedenkliche Zeiterscheinung ist, die eigenen Wünsche egoistisch und mit allen Tricks, aber auf Kosten und zum Schaden anderer, durchzusetzen.

Wie werden sich eines Tages deren Kinder verhalten, denen solcher Egoismus vorgelebt wird?

Dieser Satz ist zu meinem Leitspruch geworden:
„Gib nie etwas auf, an das du jeden Tag denken musst!"

Zeitfracht Medien GmbH
Ferdinand-Jühlke-Straße 7
99095 Erfurt, Deutschland
produktsicherheit@kolibri360.de